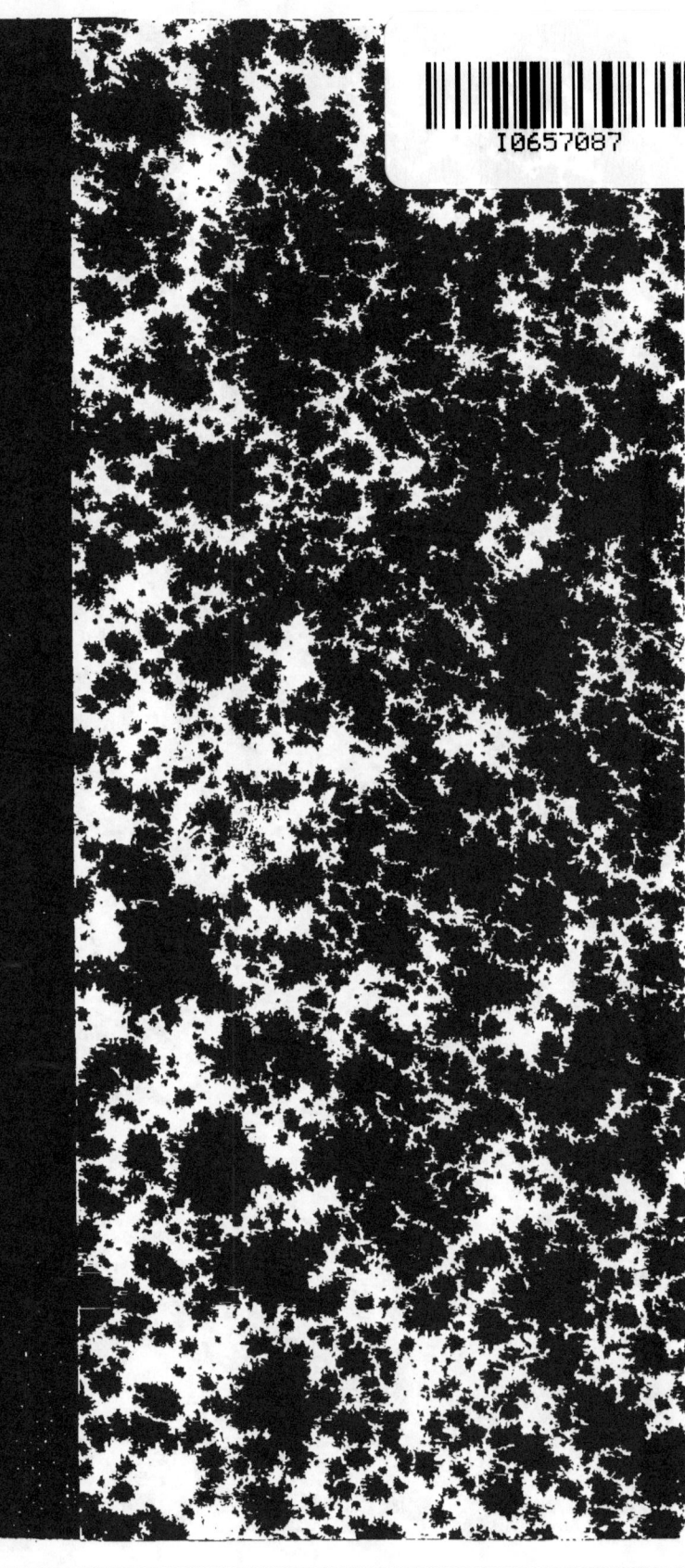

I0657087

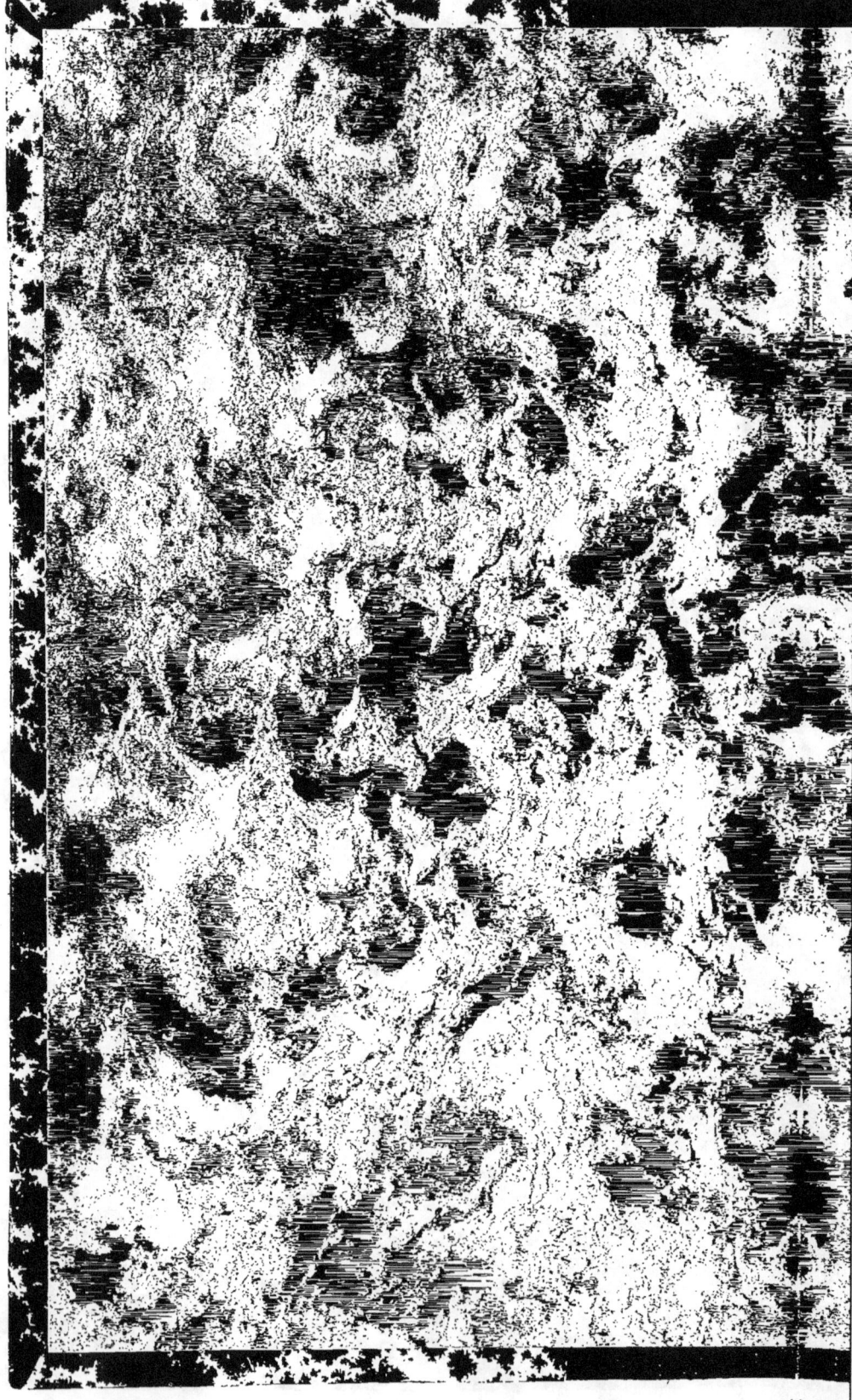

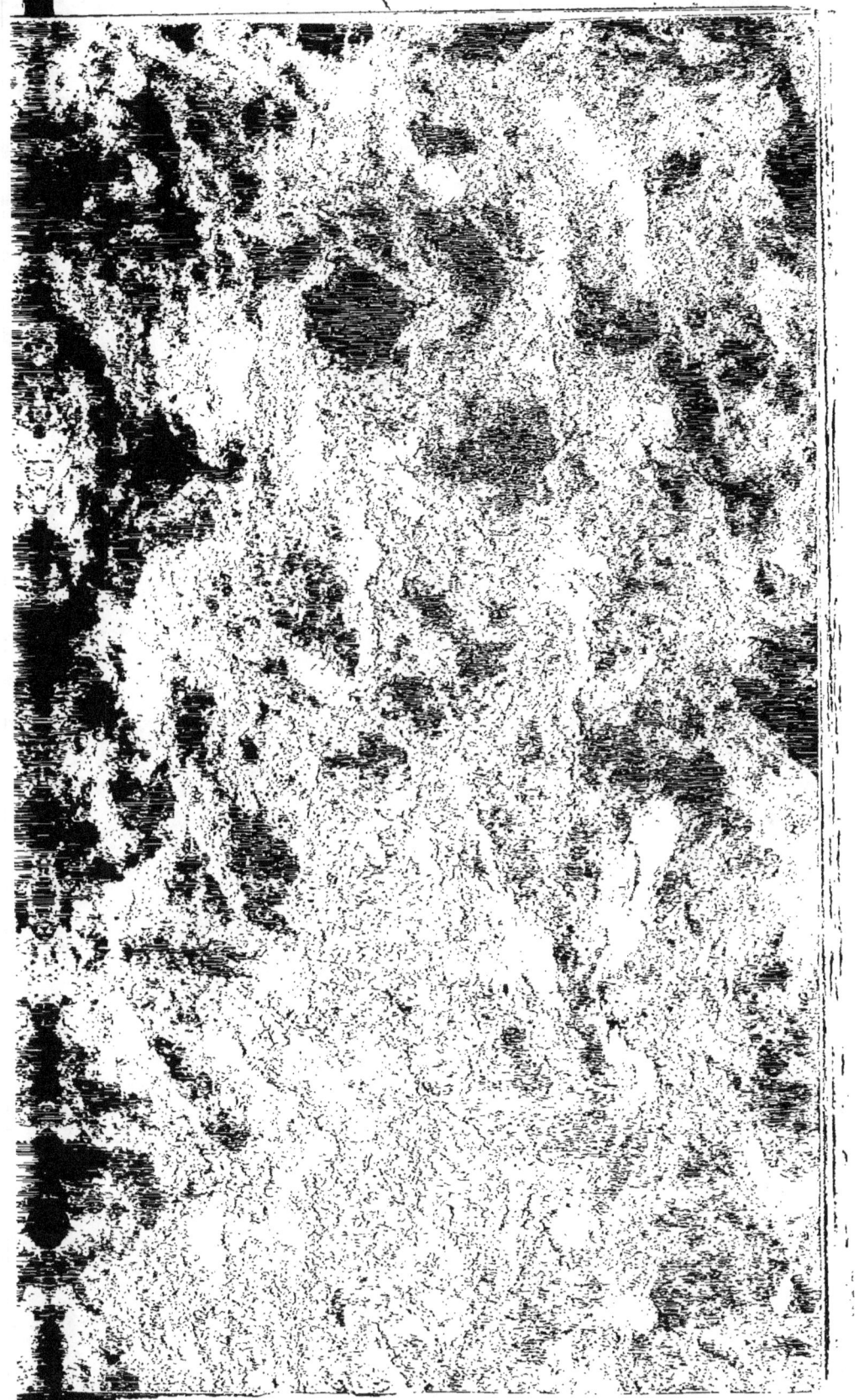

LE FILS

DU

BOURREAU.

NOTICE

Des Romans qui se trouvent aux mêmes adresses.

LE FILS

D U

BOURREAU,

P A R

C. J. ROUGEMAITRE.

TOME PREMIER.

A PARIS,

Chez GERMAIN MATHIOT,
Libraire, Quai des Augustins, N° 13;

A BRUXELLES,

Même Maison de Commerce, Marché-aux-Bois, N° 1310.

1818.

IMPRIMERIE DE LEBÉGUE,
Rue des Rats, N° 14, près la place Maubert.

LE FILS

DU

BOURREAU.

∿∿∿∿∿∿∿∿∿∿∿∿∿∿∿∿∿∿∿∿∿∿∿∿∿∿

CHAPITRE PREMIER.

Dans une de ces journées d'été où la chaleur est insupportable à Saint-Domingue, madame Clarenville et sa fille Elise, à l'exemple de beaucoup d'autres colons, n'ayant sur elles qu'un léger tissu de mousseline, étaient dans une salle de leur habitation, occupées, comme on dit, à ne rien faire. Mollement étendues sur un sopha, ces deux dames trouvaient le temps

d'une longueur excessive. Elles avaient
trouvé pourtant le moyen d'abréger
la durée du jour, en sommeillant
quelques heures ; mais on ne peut pas
toujours dormir ; ce qui, en vérité,
est un grand dommage pour ceux qui
ne savent pas s'occuper, et qui ont
les moyens de bien vivre sans travailler. Ce fut Elise qui la première
en fit la remarque.

« Maman, dit-elle, sais-tu bien que
je commence à m'ennuyer ? Les jours
sont si longs quand il fait chaud !

— Et quand on ne fait rien surtout.
Ma chère Elise, tu dois sentir la nécessité de t'occuper ; n'en auras-tu
jamais le courage ?

—Quand je le voudrais, tu dois juger par toi-même que cela n'est pas pos-

sible ; le moindre mouvement est une
fatigue par cette chaleur étouffante.

— Il est des occupations qui ne
réclament point d'exercice du corps :
les arts d'agrément, par exemple, la
lecture, voilà le remède le plus ef-
ficace contre l'ennui.

— Ah ! tu as raison, Maman ; eh
bien, veux-tu avoir la bonté de me
lire quelque chose d'amusant ? Cela
ne te fatiguera pas, et cela me dés-
ennuiera. Veux-tu ?

— Non ! je suis bien aise de te faire
sentir la nécessité de faire toi-même
ce que tu exiges de moi.

— Si je savais assez bien lire, je
ne me ferais pas prier deux fois ; mais
tu sais bien que je ne lis pas mieux
que notre négresse Netti.

— Et voilà justement ce qui me
désole ; voilà l'éternel sujet de mon
chagrin et des reproches que je te
fais. O mon Elise ! tu as seize ans ,
tu es aussi jolie qu'une mère puisse
le désirer ; tu es sage ; ton caractère,
ton cœur sont excellens ; mais ta tête !
Oh ! quelle tête ! Ton père et moi
nous t'avons donné des maîtres en
tout genre ; rien ne nous a coûté,
aucun sacrifice ne nous a paru pénible, lorsqu'il s'est agi de ton éducation ; et tu n'as rien appris , et tu ne
sais rien ! Grande, belle et riche, tu
es en âge de te marier ; tu aurais fait
la gloire de tes parens , le bonheur
d'un époux , et tu me réduis à rougir
de ma fille ; tous les avantages dont
la nature et la fortune t'ont pourvue,

n'auront donc servi qu'à faire une idiote, d'un enfant qui pouvait, qui devait être une femme accomplie.

— Tiens, maman, tu crois que c'est ma faute si je ne sais rien; mais tu te trompes : c'est la faute de ceux qui étaient chargés de m'instruire ; ils ne me plaisaient pas. Tu connais bien mon caractère, c'est plus fort que moi, il m'est impossible de regarder et d'écouter ceux qui me déplaisent : je ne sais comment cela se fait; mais tous ces gens qui, dans notre île, se mêlent de donner des leçons, ont des figures sinistres ou ingrates : ils ont tous l'air de malhonnêtes gens qui ont été chassés de leur pays, ou de vagabonds qui viennent tenter la fortune dans le nôtre; et le dégoût que cette

idée m'inspire, m'a toujours empêchée
de prêter une attention sérieuse à
leurs leçons; je puis avoir tort; mais
encore une fois ce n'est pas ma faute.

— Non, cruelle enfant, non, ce
n'est pas ta faute, c'est la mienne, la
mienne seule, je ne m'en aperçois que
trop. C'est ma tendresse....»

Une idée pénible, un souvenir douloureux s'étaient tout à coup emparés
de l'esprit de madame Clarenville,
des sanglots interrompirent son discours; des larmes coulèrent en abondance le long de ses joues; elle se
leva précipitamment, et soulevant un
voile de mousseline qui couvrait un
tableau suspendu à la muraille, elle
offrit aux yeux d'Elise, pour la cen-
tième fois peut-être, le portrait en

pied d'un joli petit garçon, qui paraissait avoir deux ou trois ans.

« Elise, dit-elle, regarde cet enfant ; c'était mon premier né, mon
fils, mon fils unique.... Je l'aimais...
comme je t'aime! C'était le premier
gage d'amour de mon époux ; sur cet
enfant reposaient toutes nos espé-
rances, tout notre avenir. Nous le
perdîmes. Deux ans plus tard tu vins
le remplacer sur le sein maternel.
Dès-lors toutes mes affections, toute
ma tendresse se concentrèrent sur
toi. Aveuglée par l'amour maternel,
je me serais reprochée comme un
crime d'avoir fait couler une larme
de tes yeux, de l'avoir vu couler sans
l'essuyer. Dès le berceau, tes moindres désirs, ta volonté, tes caprices

mêmes furent des ordres pour ta
mère. Tendre jusqu'à la faiblesse, je
ne t'ai jamais contrariée en rien; je
consultais tes penchans au lieu de les
diriger; je faisais ta volonté au lieu
de la plier à la mienne; je priais enfin quand il fallait ordonner; et je
cédais lorsqu'il eût été nécessaire de
résister. Malgré cela, si nous fussions
restés en France, je ne doute pas que
ton esprit n'eût reçu de l'éducation
tout le développement qu'il n'a pu
recevoir dans ces climats : en France,
l'exemple de tes compagnes aurait piqué ton amour propre, excité ton
émulation. Ici, au contraire, l'indo-
lence de nos créoles, leur ignorance
ont entretenu dans ton jeune cœur
cette répugnance pour l'étude; si

naturelle à l'enfance et à la jeunesse.
Mon devoir était de la vaincre cette
répugnance, je ne l'ai pas fait, et ton
ignorance ne vient que de ma faute. »

Elise, piquée et attendrie en même
temps, allait répliquer, lorsque la
vue d'un étranger qui venait de pénétrer jusque dans le salon, excita sa
surprise et suspendit sa réponse. Nous
verrons, dans un autre chapitre, quel
était cet importun; et comme nous
ne nous piquons pas de suivre un plan
régulier, nous allons quitter Saint-
Domingue, et nous transporter en
France, où d'autres personnages nous
attendent; peut-être les quitterons-
nous encore pour en aller trouver
d'autres.

~~~~~~

CHAPITRE II.

L'assassinat.

M. Clarenville, le père d'Elise, avait un frère à Nantes; c'était son aîné, il se nommait Robert, et nous continuerons à le nommer ainsi, pour qu'on ne le confonde pas avec l'autre. Robert avait essuyé de grands malheurs; il avait perdu une épouse adorée, un fils chéri, et les avait perdus tous deux d'une manière mystérieuse, qui ajoutait encore à l'amertume de son chagrin. Des malheurs à peu près semblables avaient accablé le père d'Elise, qui vivait avec Robert en communauté de commerce. Après la

perte de leurs enfans, les deux frères
qui s'aimaient tendrement, et qui ne
s'étaient jamais quittés, demeurèrent
encore quelque temps ensemble ; mais
comme le chagrin de madame Clarenville, au lieu de diminuer, ne faisait que s'accroître tous les jours,
M. Clarenville, qui aimait son épouse
au-delà de toute expression, trembla
de la perdre, et crut que le seul
moyen de la distraire de sa douleur
et de la sauver, était de l'éloigner
des lieux où tout lui rappelait sans
cesse la perte cruelle qu'elle y avait
faite. S'étant bientôt convaincu que
ce parti était le seul convenable, qu'il
était nécessaire, il ne s'occupa plus
que des moyens de le faire agréer à
son frère et à son épouse. Mais c'était là

le point le plus difficile. Il aurait désiré que Robert consentît à les suivre
en d'autres climats; il lui en coûtait
de se séparer de son frère; mais lorsqu'il lui eut proposé de venir se fixer
avec eux dans la superbe habitation
qu'il possédait à Saint-Domingue, il
fut moins étonné de la répugnance
que Robert lui témoigna pour ce projet, qu'il ne fut affligé de son refus
positif. Robert n'avait plus d'épouse
à consoler, peu lui importaient les
lieux où il était désormais condamné
à vivre; mais s'il aimait son frère, il
tenait encore plus fortement au climat qui l'avait vu naître, à la maison
bâtie et habitée par ses ancêtres, aux
champs qu'ils avaient cultivés. « Par-
tez, dit-il à son frère, abandonnez-moi

à ma douleur; la vie me paraîtra sans
doute encore plus pénible, quand je
ne vous verrai plus; mais elle me serait insupportable, si je m'éloignais
de ces lieux où j'ai connu le bonheur.
Je n'ai plus d'autre charme contre le
chagrin que mes souvenirs : laissez-
les moi; je perdrais tout en les per-
dant. Ici chaque arbre, chaque gazon
me rappellent l'enfant que j'ai perdu,
l'épouse que j'idolâtrais. Chaque coin
de cette campagne me retrace une
scène de bonheur domestique : pour
qui a perdu la réalité, l'illusion a encore des charmes. Allez, mon frère,
allez; vous avez encore une épouse à
consoler, vous avez l'espoir de remplacer l'enfant que le sort vous a ravi.
Quelle que soit la distance qui nous

sépare, mon cœur vous suivra, ma
tendresse pour vous sera toujours la
même. Quand le temps aura versé
son baume bienfaisant sur vos blessures, que les plaies de votre cœur
seront cicatrisées, vous viendrez me
revoir; votre bien-être adoucira peut-
être l'amertume de mes regrets. »

Tous les efforts que fit M. Clarenville pour engager son frère à le suivre furent inutiles, il fut inébranlable.
Il ne réussit d'abord pas mieux auprès
de son épouse; mais que ne peut le
langage de l'amour et de la raison sur
le cœur et l'esprit d'une femme ai-
mante! Elle se rendit enfin à ses pres-
santes sollicitations, et le départ pour
Saint-Domingue fut résolu.

Je passe sous silence la crise de la

séparation, les plaintes mutuelles, les
larmes versées de part et d'autre; les
promesses qu'on se fit, les embrasse-
mens et enfin les derniers adieux. La
traversée fut heureuse; un nouveau
climat, un autre ciel, une autre nature, de nouvelles mœurs et de nouvelles occupations, tout contribua à
faire une utile diversion sur les âmes
de nos deux époux. Si madame Clarenville ne se consola pas tout-à-fait
de la perte de son fils, si elle ne put
entièrement l'oublier, au moins sa
douleur et ses regrets furent moins
vifs, et la naissance d'une fille, d'E-
lise, vint répandre de nouvelles fleurs
sur une existence qui semblait à jamais flétrie. Cette jolie enfant fut
l'idole de ses parens, qui

ne pouvoir mieux lui témoigner leur
amour, qu'en lui laissant faire toutes
ses volontés, ne prévirent pas com-
bien cette tendresse mal entendue pouvait lui être funeste. On a vu, dans la
premier chapitre, qu'Elise, à l'âge de
seize ans, ne savait pas lire ; madame,
Clarenville, qui voyait trop tard les
suites de sa coupable indulgence, en
gémissait souvent, formait la résolution d'être plus sévère à l'avenir ; mais
un mot, une ingénuité d'Elise la désar-
mait. Elise, malgré son ignorance,
était si bonne, si franche, si naïve,
que sa mère ne se sentait pas le courage d'affliger cette aimable enfant.
Ajoutez à cela que M. Clarenville lui-
même n'avait jamais dit un mot à
Elise pour l'engager à se livrer à

l'étude ; bien loin de là, quand son épouse faisait sur cet article quelque reproche à Elise, M. Clarenville prenait le parti de sa fille, et la consolait avec ces mots qui étaient son refrain ordinaire dans de semblables occasions : « Ne t'afflige pas, ma fille, tu seras toujours assez savante pour une femme : ce ne sont pas celles qui en savent le plus, qui rendent leurs époux plus heureux. » Avait-il tort ? Avait-il raison ? C'est une question que nous laissons à décider à ceux qui possèdent des femmes savantes ou ignorantes ; eux seuls peuvent nous dire ce qu'il en est avec connaissance de cause.

Dix-sept ans s'étaient écoulés comme un songe, depuis la séparation des

deux frères. Ils n'avaient pas cessé
d'entretenir ensemble une correspon-
dance qui, indépendamment de leur
tendresse mutuelle, était également
nécessitée par leurs affaires de commerce. Depuis long-temps, dans chaque lettre, Robert sommait son frère
de venir le voir, ainsi qu'il lui en
avait fait la promesse; celui-ci en
retardait toujours l'exécution : il ne
pouvait se résoudre à mettre, même
momentanément, l'immensité des mers
entre son épouse, sa fille et lui. Cependant Robert lui écrivit une lettre
si pressante, que cette fois il fallait
bien se résoudre à faire ce sacrifice,
par amour même pour les objets chéris qu'il avait tant de peine à quitter.
Robert lui mandait que sa santé s'af-

faiblissait de jour en jour, qu'il mour-
rait malheureux, s'il terminait sa car-
rière avant d'avoir revu un frère qu'il
chérissait tant, et qu'il voulait insti-
tuer son unique héritier, etc.

M. Clarenville n'hésita plus ; la tendresse fraternelle d'un côté, les intérêts de sa fille de l'autre, lui firent à
la fin vaincre tous les scrupules, surmonter tous les obstacles. Il mit ordre
à ses affaires dans la colonie, confia
la gestion de ses biens à un intendant
dont il connaissait la probité, s'arra-
cha des bras de son épouse et de sa
fille, s'embarqua par un vent favorable, et après une traversée heureuse,
il revit enfin les côtes de France, les
rives toujours chéries de sa patrie. Il
se reposa quelques jours à Nantes,

comme son frère Robert faisait son
séjour habituel dans une jolie maison
de campagne dans les environs de
cette ville, M. Clarenville, qui voulait le surprendre, s'achemina un soir,
seul, vers le champêtre manoir qui
avait été le témoin des jeux de son
enfance, de son bonheur et de ses dé-
sastres. Tout entier aux souvenirs qui
se pressaient en foule à son esprit, il
marchait absorbé dans ses réflexions.
Il avait fait une chaleur excessive
pendant la journée; mais alors le temps
était lourd, le ciel couvert de nuages,
et l'obscurité était si grande, que Clarenville avait beaucoup de peine à dis-
tinguer son chemin, quoiqu'il le connût parfaitement. Tout à coup les
éclairs sillonnent la nue, le tonnerre

gronde avec fracas, et bientôt des
torrens de pluie forcent Clarenville à
chercher un asile sous un gros arbre
que la lueur d'un éclair venait de lui
faire apercevoir. Pendant ce désordre
de la nature, et dans l'intervalle des
coups redoublés du tonnerre, il croit
entendre des pas d'hommes, on s'a-
vance de son côté. Croyant que c'é-
taient comme lui des voyageurs surpri-
par l'orage, il est prêt à élever la voix
pour les inviter à partager son abri,
qu'ils n'aperçoivent pas, sans doute;
mais une voix rauque et sinistre qui se
fit entendre, au moment même où il
voulait parler, le fit reculer de surprise et de frayeur; la voix dit en pas-
sant devant l'arbre : « hé! *Brise-Fer,
entends-tu comme le tonnerre ca-*

rillonne l'enterrement du vieux Cré-
sus ? Ah! le vieux coquin! il ne
nous attend pas, par ce beau temps
là! »

Les pas s'éloignèrent, et Clarenville n'en entendit pas davantage ;
Quoique le peu de mots qu'il avait entendus n'offrissent pas un sens bien
clair à son esprit, la voix qui les avait
prononcés avait quelque chose de si
farouche dans l'accent, qu'il se serra
involontairement contre l'arbre qui
lui servait d'abri. Le nom de *Brise-
Fer* lui semblait, à juste titre, un sur-
nom de brigand ; et quels autres que
des malfaiteurs pouvaient ainsi braver
l'obscurité, la pluie, le tonnerre et
les éclairs, et se réjouir en quelque
sorte de ce bouleversement de la na-

ture ? Il trembla pour les jours du
malheureux qu'il avait entendu menacer : il aurait voulu le prévenir, le défendre même au péril de sa vie ; mais
cela lui était impossible. Il était sans
armes ; les bandits paraissaient être
en nombre ; d'ailleurs il ne les en-
tendait plus, il ne savait quel chemin
ils avaient pris, et la pluie conti-
nuait encore à tomber par torrens.

Au bout d'une demi-heure elle cessa
enfin, le ciel s'éclaircit un peu, et Clarenville put continuer sa route. Il
était agité par ce trouble vague, dont
l'homme le plus intrépide a de la peine
à se garantir, dans l'obscurité et le silence de la solitude, lorsque des idées
lugubres se sont involontairement pré-
sentées à son esprit. Tous les récits

enfantés par la crédulité reviennent
alors assiéger votre mémoire et remplir l'âme de vaines terreurs que la
raison repousse ; mais que l'isolement
et l'imagination reproduisent sans
cesse. Clarenville faisait tous ses efforts
pour bannir les sombres idées que lui
avait inspirées l'apparition inattendue
de ces personnages plus que suspects,
et lorsqu'il croyait avoir trouvé une
interprétation plausible de ces paroles
qui lui avaient paru si effrayantes et
d'un si mauvais augure, un rien le
replongeait dans toutes ses inquiétudes. Il crut entendre un gémisse-
ment douloureux et prolongé, il s'arrêta pour écouter : c'était le vent. Un
oiseau de nuit poussa sur sa tête un
cri lamentable ; bientôt le fidèle gar-

dien des fermes et des troupeaux fit
entendre dans le voisinage, ces aboie-
mens lugubres que les gens superstitieux regardent comme les indices
certains de la mort. Dans toute autre
circonstance Clarenville n'aurait pas
attaché la moindre importance à ces
funestes présages du crédule vulgaire,
mais alors l'esprit préoccupé de sinistres pensées, il ne put s'empêcher de
tressaillir, de frémir, et il s'écria involontairement « O Dieu ! si cela
m'annonçait la mort de mon frère ! »

Puis rougissant de cette crainte pué-
rile, il doubla le pas, et bientôt se
trouva à la porte du manoir de son
cher Robert. Il allait sonner, lorsqu'aux rayons de la lune qui se mon-
tra dans ce moment, il s'aperçut

que la porte extérieure était ou-
verte. Surpris d'abord de cette circonstance, qui pourtant pouvait
avoir une cause naturelle, il ne savait s'il devait entrer. Mais bientôt
songeant que cela favorisait le dessein
qu'il avait de causer une surprise à
son frère, par sa présence imprévue,
il s'avance dans la cour et se dirige
vers les bâtimens dont il connaissait
parfaitement les entrées et les issues.
Aucune lumière ne se faisait apercevoir dans toute la maison, aucun
domestique ne se faisait entendre, les
chiens même se taisaient, c'était partout un silence comme dans l'asile
de la mort. Bientôt la surprise de Clarenville se changea en un pressenti-
ment épouvantable, lorsqu'il vit que

toutes les portes des appartemens
qu'il parcourait étaient ouvertes, et
que l'écho seul répondait au bruit de
ses pas et de sa voix. « Mon frère !
mon frère ! s'écriait-il. » Il crut entendre sa voix : il était sûr de ne s'être
pas trompé. A ces accens chéris, toutes
ses craintes se dissipent, toutes ses
terreurs s'évanouissent, il s'élance
dans la chambre à coucher de Robert;
mais il n'en eut pas plutôt franchi le
seuil, qu'il recula d'épouvante et
d'horreur.

Quel affreux spectacle ! A la lueur
d'une lampe expirante, il voit le plancher inondé de sang, et son frère,
son bien aimé frère percé de coups,
étendu au milieu de la chambre et
luttant contre les approches de la

mort. Clarenville, éperdu, se jette sur
le cadavre sanglant, le soulève, le
soutient sur ses genoux, et cherche à
ranimer les faibles restes d'une vie
prête à s'échapper. « O Robert! s'é-
criait-il douloureusement et avec l'accent du désespoir, ô mon frère! en
quel état je te revois! Ouvre les yeux,
c'est ton ami, c'est ton frère qui te
tient dans ses bras! »

A ces mots prononcés d'un ton dé-
chirant, la vie semble rentrer dans
le cœur de Robert; ses yeux s'ouvrent lentement à la lumière, et semblent se reposer délicieusement sur
ce frère chéri : il essaie de soulever
ses bras appesantis pour le serrer contre
son cœur ; mais déjà les forces lui man-
quent. Il en trouve cependant encore

assez pour dire à Clarenville d'une voix extrêmement faible : « Je te revois ! je mourrai content ! J'ai été assassiné par Philippe, mon domestique. Tu trouveras........» Il n'en put dire davantage ; l'effort qu'il venait de faire avait épuisé ses dernières forces ; son sang coula en abondance ; Clarenville en fut inondé, et s'aperçut avec effroi qu'il ne tenait plus dans ses bras qu'un corps inanimé. A cet aspect, sa douleur ne connut plus de bornes, il couvrit de ses baisers les joues et les lèvres pâles et livides de Robert, puis se levant avec un transport de fureur : « O mon frère ! dit-il, je jure que ta mort sera vengée, le Ciel a permis que tu vécusses assez long-temps pour me révéler le nom

de ton infame meurtrier ; fût-il dans
les entrailles de la terre, qu'il tremble ! il périra ! »

*Tremble toi-même ! c'est toi qui
périras*, s'écria une grosse voix qui
semblait sortir de l'appartement voi-
sin. La voix fit son effet, Clarenville
trembla, mais ce fut l'affaire d'une
seconde ; car aussitôt la surprise faisant place à la rage, et ne doutant pas
que cette voix ne fût celle de l'assassin, le désir de venger son frère ban-
nit sur-le-champ toute autre considération, et ses yeux s'étant portés sur
un poignard sanglant, qu'on avait
laissé à côté de la victime, il le sai-
sit, et, avec cette arme, il s'élança
dans la pièce d'où il avait cru entendre sortir l'horrible voix. Comme

l'obscurité la plus profonde régnait
dans cette pièce, il ne vit personne;
seulement il crut entendre, vers l'autre extrémité, les pas de quelqu'un
qui fuyait. Il s'élança, sans hésiter,
à sa poursuite; traversa ainsi plusieurs appartemens, se heurtant tantôt d'un côté, tantôt de l'autre, et
bientôt il n'entendit plus rien. Il était
parvenu à une porte de derrière, qui
donnait sur les vergers, et croyant
entendre marcher de l'autre côté,
persuadé que c'était son homme, il
s'élançait dans le jardin pour le poursuivre, lorsqu'il se sentit tout à coup
saisi au collet par plusieurs bras vi-
goureux, qui le désarment, le ter-
rassent, le garrottent étroitement et
l'entraînent à travers les appartemens

qu'il venait de quitter, jusque dans
la chambre de son malheureux frère.

Alors seulement il vit avec horreur
la cause de ce traitement auquel il
n'avait rien compris. Il était envi-
ronné de trois cavaliers de la maréchaussée, qui paraissaient avoir été
amenés par un paysan.

Il vit bientôt, avec effroi, qu'on le
prenait pour l'assassin de Robert ; et
en effet, le poignard qu'il tenait à la
main, ses vêtemens ensanglantés, l'expression de sa figure, sa présence dans
le lieu où s'était commis le meurtre,
et à une heure indue, tout déposait
contre lui ; aussi les gendarmes ne
répondirent-ils que par d'amères plai-
santeries à toutes ses protestations :
ils ne voulurent entrer dans aucune

explication ; et après avoir dressé leur
procès-verbal, ils attachèrent le malheureux Clarenville à la queue d'un
de leurs chevaux, le conduisirent ainsi
à Nantes, et le déposèrent dans les
prisons, où il fut enchaîné dans un
cachot, en attendant le jour fatal de
son jugement.

~~~~~~

CHAPITRE III.

L'importun.

Nous avons laissé Elise et sa mère dans une conversation qui fut interrompue par l'arrivée d'un étranger. C'était un homme d'une assez haute stature, d'une figure qu'au premier aspect on aurait pu prendre pour une belle figure, mais dans laquelle, après un examen plus approfondi, on ne tardait pas à découvrir quelque chose de repoussant, de dur, et même de féroce. Cette expression de physionomie frappa tellement Elise au premier coup d'œil, qu'elle poussa involontairement un cri de frayeur, et recula

dé trois pas en se cachant derrière sa
mère. Cette impression défavorable
parut un moment affecter l'étranger :
il fit un mouvement de surprise , se
mordit les lèvres en signe de dépit ;
mais il se remit promptement : un
sourire forcé parut sur ses lèvres , et
d'une voix qu'il semblait adoucir avec
affectation : « Pardon, Mesdames, leur
dit-il ; je ne sache pas en quoi ma présence pourrait vous effrayer. Établi
dans cette île depuis peu de temps ,
des affaires m'ont appelé au Cap ;
après les avoir terminées , j'ai voulu
m'en retourner seul ; je me suis trompé
de chemin, je me suis égaré ; il fait
une chaleur épouvantable ; je tombais
de lassitude et de besoin ; j'ai aperçu
votre habitation, je m'y suis présenté

hardiment, dans la persuasion que les propriétaires d'un aussi joli manoir ne me refuseraient pas les secours de l'hospitalité.

— Vous ne vous êtes pas trompé, Monsieur, répondit madame Claren-ville ; je vais donner des ordres pour qu'on vous donne les raffraîchisse-mens dont vous pouvez avoir besoin. Quant à la frayeur de ma fille, je vous prie de l'excuser ; nous étions occu-pées d'objets sérieux qui absorbaient entièrement son attention, et toute autre personne qui, comme vous, se serait tout à coup présentée à ses yeux, lui aurait fait faire le même mouve-ment de surprise.

— Eh non, Maman, tu te trom-pes. C'est la mine singulière de Mon-

sieur qui m'a fait peur ; et à présent
je te réponds que je ne suis pas encore bien rassurée.

— Elise, ce que vous dites-là n'est
pas honnête. Excusez-la , Monsieur,
ma fille pousse quelquefois la naïveté
et la franchise jusqu'à l'impolitesse.

— Mais , Maman, cela n'est pas
poli non plus ce que tu me dis-là ;
mais je vais appeler Netti pour servir
des raffraîchissemens à Monsieur.»

Et sans attendre de réponse, Elise
sortit de l'appartement , bien moins
dans l'intention d'être utile à l'étranger , que pour éviter sa présence : son
aspect l'intimidait ; son regard faux
et constamment attaché sur elle , lui
inspirait un dégoût qu'elle n'était pas
la maîtresse de déguiser. Elle envoya

Netti, comme elle avait dit ; quant à elle, il lui fut impossible de se décider à rentrer, tant que l'étranger resta dans la maison.

Sur l'invitation de madame Clarenville, l'étranger se mit à table, but, mangea largement et avec aussi peu de gêne que s'il eût été chez lui. Lorsqu'il eut satisfait amplement son appétit, il appuya ses deux coudes sur la table, tenant sa tête entre ses deux mains, et resta quelque temps dans cette posture incivile, comme s'il eût été plongé dans quelque profonde méditation. Madame Clarenville, choquée des manières de cet homme, et trouvant dans sa physionomie, après un plus mûr examen, de quoi justifier la répugnance de sa fille, gardait

le silence, et attendait impatiemment
que cet hôte incommode voulût bien
se lever de table et continuer sa route.
Mais celui-ci n'y paraissait aucune-
ment disposé. Rompant enfin le silence, il se retourna brusquement de
son côté, et lui dit : « Savez-vous bien,
Madame, qu'à votre place, je ne dor-
mirais pas tranquille dans une habitation comme celle-ci.

— Et quelles craintes auriez-vous
donc, Monsieur ?

— Ma foi, écoutez donc ; cette
maison est passablement isolée : vous
me paraissez fort riche, et l'on aurait
le temps de vous incendier, de vous
égorger, de vous piller avant qu'il
vous arrivât le moindre secours du
dehors.

— Vous me feriez frémir, si vous ne m'aviez pas dit que vous n'êtes que depuis peu de temps dans ce pays-ci : une plus exacte connaissance de nos usages vous aurait bientôt convaincu qu'ici nous pouvons dormir en sûreté, et que nous sommes suffisamment gardés par le nombre de nos gens, pour ne pas avoir besoin de secours extérieurs.

— J'entends, vous avez beaucoup d'esclaves, beaucoup de nègres sans doute ; mais il me semble qu'on ne peut pas trop compter sur la fidélité de cette espèce de créatures. Vous les traitez si durement, m'a-t-on dit, qu'ils ne doivent guère vous aimer.

— Si l'on vous a dit cela, on vous a trompé, Monsieur ; nos nègres sont

aussi bien traités qu'ils peuvent le désirer ; aussi n'y en a-t-il pas un qui,
au besoin, ne versât tout son sang
pour nous. »

Ici l'étranger se pinça les lèvres,
et fit un mouvement de dépit presque
imperceptible ; il n'échappa cependant
dant pas à madame Clarenville, qui
désirant alors se débarrasser de son
hôte importun, prit sur elle de lui
dire :

« Monsieur, si vous demeurez loin
d'ici, le jour va bientôt baisser, et
comme il paraît que vous ne connaissez pas encore bien le pays....

— Il est temps que je m'en aille,
n'est-ce pas cela que vous voulez
dire ? Aurais-je trop présumé de votre
bonté, en espérant que vous auriez

la complaisance de me donner un lit pour cette nuit ?

— Dans tout autre moment, je me serais fait un devoir de prévenir votre désir ; mais mon époux est absent, et vous sentez que deux femmes seules ne peuvent pas, décemment....

— N'est-ce que cela ? C'est un scrupule déplacé, pardonnable tout au plus dans un hameau d'Europe ; mais, en Amérique, doit-on redouter les caquets ? D'ailleurs, Madame, je vous avoue qu'il me serait impossible de retrouver mon chemin ; et s'il m'arrivait quelque accident, vous vous le reprocheriez toute votre vie.

— Aussi mon intention n'est-elle pas de vous laisser aller seul, je vais vous donner un nègre qui connaît

parfaitement le pays, et qui vous
conduira partout et aussi long-temps
que vous le voudrez.

— Non, Madame, non; j'ai toujours entendu dire que les dames aimaient assez qu'on leur fît un peu
violence; ainsi dussé-je vous fâcher
un peu pour le moment, mon parti
est pris, je suis décidé à coucher ici:
vous n'aurez certainement pas la
cruauté de me faire sortir de force. »

Le visage de madame Clarenville
s'enflamma de colère: elle allait écla-
ter; mais, en femme prudente, elle
sentit promptement qu'il valait mieux
dissimuler. En conséquence, s'efforçant de sourire, et jouant assez bien
l'embarras, elle répondit à l'insolent
étranger: « En vérité, Monsieur, on

n'a pas d'exemple d'une semblable opiniâtreté ; mais puisque vous nous faites la loi, il faut bien la subir de bonne grâce ; permettez donc que je donne à Netti les ordres nécessaires pour vous préparer un gîte.

— Voilà qui s'appelle parler, cela! Vous voyez que j'ai bien fait d'insister. »

Madame Clarenville se leva, dit quelques mots à l'oreille de Netti ; celle-ci sortit sur-le-champ. L'étranger continua :

« Je vous avoue, Madame, que la résolution que j'ai prise de passer ici la nuit m'a été suggérée moins par l'embarras de trouver mon chemin, que par le désir de me procurer encore une fois la plus grande jouis-

sance que j'aie eue depuis que je suis
dans cette île.

— Une jouissance que vous atten-
dez chez moi, Monsieur ? Je suis assez
curieuse de connaître ce que ce peut
être, car je ne le devine pas.

— Depuis que je suis à Saint-Domingue, je n'ai encore vu que des
créatures qui ont à peine figure hu-
maine ; jugez donc de ma surprise,
de ma joie, lorsqu'en entrant ici, j'ai
vu un ange, la plus belle personne
que j'aie jamais vue de ma vie, votre
fille enfin.

— Vous êtes trop bon, ou vous
voulez vous amuser à nos dépens. Ma
fille mérite à peine qu'on fasse attention à elle : elle est d'une figure très-

ordinaire ; et d'ailleurs ce n'est qu'une enfant.

— Vous en parlez en mère, et moi je la juge en connaisseur. Le *diable m'emporte*, si j'ai jamais rien vu de si séduisant. Je vous demande bien pardon de l'expression qui m'est échappée ; c'est l'enthousiasme qui en est la cause. Ah ! vous appellez cela une enfant ! Eh bien, je vous jure que je prendrais bien cette enfant-là pour ma femme.

— Ne vous serait-il pas possible de parler d'autre chose, et d'oublier une enfant que probablement vous ne verrez plus ?

Comment ! je ne la verrai plus. Ah ! je vois bien que vous ne me connaissez pas ! Elle s'est effarouchée en me

voyant, elle s'est éloignée; mais elle
ne sera pas toujours invisible, il faudra bien qu'elle revienne, et je ne
bouge pas d'ici que je ne l'aie revue.
J'ai du caractère, moi !

— Je m'en aperçois; mais je connais ma fille : qu'elle ait tort ou raison, elle ne fait jamais que sa volonté;
et si elle a mis dans sa petite tête de
ne plus paraître devant vous, vous
ne la verrez plus.

— Ah! *par la cent diable*, c'est ce
qu'il faudra voir! J'ai une tête aussi,
moi, et une bonne, je puis m'en van-
ter. Si elle se cache, je la chercherai,
je la trouverai : il faudra bien qu'elle
me voie, qu'elle m'entende; si la première impression ne m'a pas été favorable, une plus ample connaissance

de ma personne et de mon caractère
la fera revenir de sa prévention. Eh
diable ! je ne suis pas plus laid qu'un
autre, je suis d'une bonne famille,
d'une excellente famille ; j'ai de l'or à
boisseaux, le meilleur caractère du
monde ; en voilà bien assez pour ap-
privoiser la femme la plus revêche.
Tenez, vous pouvez dès-à-présent me
regarder comme votre gendre ; je regarde cela comme une affaire con-
clue..... Mais qu'avez-vous donc,
Madame ? Vous êtes distraite, préoc-
cupée ; vous n'avez pas l'air de m'é-
couter. Vous avez toujours les yeux
sur cette porte : est-ce que vous at-
tendez quelqu'un ?

— Je n'attends plus personne, dit
madame Clarenville en respirant avec

force, comme si elle se fût sentie sou-
lagée d'un grand poids ; je n'attends
plus personne. Les voilà enfin ! »

Ici un grand nombre de voix, des
pas précipités se firent entendre :
Netti, hors d'haleine, s'élança dans
le salon, en criant : *Les voilà tous,
maîtresse, les voilà !* Elle était suivie
d'une foule de nègres, tous armés des
instrumens de leur travail, et qui se
rangèrent précipitamment autour de
l'appartement en disant également :
«Les voilà, maîtresse, les voilà ! » L'é-
tranger s'était levé avec un air de
surprise et de frayeur : il ne put que
balbutier : *Qu'est-ce que cela signi-
fie ?* Madame Clarenville, se levant
alors avec dignité, lui dit :

« L'accueil obligeant que je vous

ai fait, Monsieur, méritait plus d'é-
gards de votre part. Un homme bien
élevé se serait rendu aux motifs de
mon refus : il était dicté par la dé-
cence; vous n'en avez tenu aucun
compte : voyant deux femmes seules,
vous avez cru pouvoir abuser impu-
nément de notre situation. Vous m'a-
vez forcée, par votre opiniâtreté, à
vous promettre ce que je ne devais,
ce que je ne pouvais tenir; j'ai été
forcée de dissimuler, quoique cela ne
soit pas dans mon caractère. Je pourrais, vous le voyez, vous contraindre
à vous éloigner honteusement, mais
je remplirai jusqu'au bout les devoirs
de l'hospitalité : un de ces nègres va
vous mettre dans votre chemin, ou
vous conduire jusque chez vous.

— Ainsi, vous me chassez comme un malfaiteur ! C'est outrageant, mais je cède, persuadé que vous reviendrez à des sentimens plus doux à mon égard, quand vous me connaîtrez mieux ; car je ne renonce pas au plaisir de vous revoir, malgré le tour perfide que vous me jouez.

— Quand mon époux sera de rétour, s'il consent à vous recevoir, je me soumettrai sans répugnance à sa volonté ; jusque-là, Monsieur, je vous prie de vous abstenir de toute visite. *Domingo !* accompagnez Monsieur jusque chez lui, s'il le désire. Monsieur, j'ai bien l'honneur de vous saluer. »

En disant ces mots, madame Clarenville fit un signe aux nègres qui, s'avançant tous, enveloppèrent l'étranger, et se mettant à marcher en foule derrière lui, le contraignirent à sortir, sans toutefois le maltraiter. Celui-ci marmotta entre ses dents quelques paroles inintelligibles, et lorsqu'il fut dehors, il accepta gaîment l'offre que Domingo lui fit de le conduire, se mit en marche avec lui, et disparut bientôt.

Elise alors mettant la tête à la porte d'une chambre qui donnait dans le salon, dit à sa mère d'une voix craintive: *Est-il parti?* Et voyant sa mère seule, elle entra en disant : « Oh! le vilain homme! Vois-tu comme tu es injuste ; tu m'as accusée d'impolitesse, tandis que je n'étais que clairvoyante ; j'avais lu tout de suite dans les yeux de cet étranger, que c'était un méchant homme. J'avais bien raison de m'en défier, car j'ai entendu toute votre conversation.

— En ce cas-là, tu as dû être extrêmement flattée des complimens qu'il te faisait, et surtout de l'*enthousiasme* que tu lui inspirais !

— Je serais bien fâchée de lui plaire, car je suis sûre que cet homme-là a quelque mauvais dessein ; il fait des yeux comme notre singe, quand il a envie de faire quelque méchanceté. »

Mais laissons ces dames s'entretenir sur l'événemeut de cette journée : un soin plus important nous appelle à Nantes.

CHAPITRE IV.

Le Jugement.

« Que la justice des hommes est
injuste ! Instituée pour effrayer, pour
réprimer et punir le crime, devrait-
elle être aussi la terreur de l'innocent ? Sur des signes, des indices,
trop souvent trompeurs, l'honnête
homme se voit chargé de chaînes,
traîné comme un malfaiteur à travers
les imprécations d'une vile populace,
qui voit un criminel dans tout homme
arrêté. Plongé dans un humide et fétide cachot, sans autre consolation que
sa conscience ; sequestré du monde,
séparé de tout ce qui lui est cher,

il souffre, il endure déjà un long supplice anticipé. Son innocence sera
sans doute un jour reconnue ; mais
qui le dédommagera des maux qu'il
a soufferts injustement, de la perte
de son temps, de sa santé, et des
soupçons infamans qu'on a accumulés
sur sa tête ? Ah ! puisque tous les
hommes sont sujets à l'erreur ; puisque des apparences perfides peuvent
égarer le jugement des hommes les
plus éclairés ; puisque l'intérêt de la
société réclame des mesures de sûreté,
dont on n'a que trop souvent à se re-
pentir, ne pourrait-on pas adoucir
ces formes effrayantes que l'on em-
ploie contre un malheureux prévenu,
avant d'être convaincu qu'il soit coupable ? »

Telles étaient les réflexions que l'infortuné Clarenville faisait dans le cachot, dans le tombeau où on l'avait plongé vivant. Il se voyait accusé du meurtre d'un frère qu'il adorait ! En vain sa conscience lui criait que n'ayant rien à se reprocher, il n'avait rien à craindre ; il sentait bien que tout déposait contre lui, et le poignard dont il était armé, et le sang qui couvrait ses vêtemens. Il savait qu'un usage barbare faisait appliquer à la torture le malheureux qui ne voulait pas faire l'aveu d'un crime qu'il n'avait pas commis : idée terrible qui le faisait frémir malgré lui !

Bientôt on vint le tirer de son cachot pour le conduire devant un juge d'instruction, qui lui fit subir un long

interrogatoire, auquel Clarenville répondit en versant un torrent de larmes, et en exposant avec la plus
grande simplicité les faits tels qu'il
les connaissait. On lui présenta, sui-
vant l'usage de ce temps-là, le cadavre sanglant de son frère. A cette
vue, tout son courage faillit l'abandonner ; il oublia sa propre situation,
pour ne songer qu'à la perte doulou-
reuse qu'il avait faite. Il se jeta sur
ce corps inanimé, et le couvrit encore
une fois de ses baisers et de ses larmes.
Le juge lui-même, malgré son inflexi-
bilité, fut ému de sa douleur ; mais
habitué à des situations déchirantes,
et craignant toujours de ne rencontrer
que l'hypocrisie du crime au lieu de
l'expression de l'innocence, il reprit

bientôt son calme et son imperturbable sang-froid, et pressa vivement Clarenville de faire l'aveu de son forfait. Celui-ci ayant répondu avec une noble indignation, le juge le fit reconduire dans son cachot, en lui annonçant froidement que le lendemain il serait appliqué à la question ordinaire et extraordinaire.

Quelle nuit pour cet infortuné ! Dans quelles agitations il la passa, et cependant qu'elle lui sembla courte ! Tantôt il tremblait que sa faiblesse ne trahissant sa volonté, la douleur ne vînt à lui arracher un aveu qu'il aurait en vain retracté, et qui l'aurait exposé à de nouveaux tourmens. Tantôt il craignait que cette épreuve terrible ne détruisît en lui les sources de la

vie; l'idée de périr ainsi loin de son
épouse, de sa fille chérie, et de leur
laisser un nom couvert d'infamie, était
déjà une torture plus cruelle pour lui
que celle qu'on lui préparait. Enfin,
de quelque côté qu'il dirigeât sa pensée, il ne voyait qu'un abîme de mi-
sère, et nul secours humain qui pût
l'en garantir.

Bientôt le moment fatal qu'il redoutait tant arriva; les portes de son
cachot s'ouvrirent; on le conduisit en
silence dans une chambre obscure,
où il vit avec effroi tous les instrumens de torture préparés; tous les
juges étaient présens; le président le
somma encore une fois de faire l'aveu
de son crime; et Clarenville ayant
de nouveau protesté de son innocence,

on lui ordonna d'avancer et de se
mettre à genoux. Une sueur froide
coula sur tout son corps ; mais que
devint-il lorsqu'il entendit ces paroles
de la bouche du président? — Humi-
liez-vous, Clarenville, et bénissez le
monarque bienfaisant qui vous délivre
d'un supplice auquel, innocent ou
coupable, vous ne pouviez échapper.
Ses regards paternels ont pénétré
jusque dans l'horreur et l'obscurité
des cachots. Par son ordonnance du
24 août dernier, la question prépara-
toire est abolie. Louis XVI ne veut
pas que ses enfans, même coupables,
soient tourmentés avant d'être con-
vaincus.

— O Dieu, s'écria Clarenville, pro-
tège les jours de ce bon Roi ! Oui,

pour ce seul bienfait, Louis XVI
fera chérir sa mémoire à la postérité
la plus reculée. Dieu de bonté, con-
serve-nous long-temps un Roi si digne
de notre amour!

On reconduisit Clarenville dans son
cachot. Lorsqu'il se vit seul, il se jeta
encore une fois à genoux pour remer-
cier le Souverain juge, et pour bénir
le meilleur des Rois. La joie d'avoir
échappé à la torture, fit rentrer le
calme et l'espérance dans son cœur,
et, désormais, plein de confiance dans
la bonté divine, qui venait presque
miraculeusement de le sauver d'un
premier danger, il attendit avec assez
de fermeté le jour fatal de son jugement.

Il arriva ce jour de crainte et d'es-

— poir ; une oule immense remplissait
la salle d'audience ; les huissiers ayant
imposé le silence à la multitude , le
lieutenant-criminel lut d'abord l'acte
d'accusation, résuma toutes les preuves
et les probabilités qui se réunissaient
contre Clarenville , et conclut à ce
qu'il fût condamné à être rompu vif.

Le président lui fit ensuite subir un
nouvel interrogatoire , et chercha souvent à l'embarrasser par des questions
captieuses ; mais la vérité n'a qu'un
seul langage, et Clarenville ne pouvait dire que ce qu'il savait, que ce
qu'il avait déjà dit. Interrogé s'il soup-
çonnait quel pouvait être l'auteur de
l'assassinat, il répéta ce qu'il avait
déjà déclaré dans son premier interrogatoire : que son frère avant de mou-

rir avait affirmé que c'était Philippe,
son domestique, qui l'avait assassiné.
Là, il apprit que toutes les perquisitions que la justice avait faites, pour se
saisir de la personne de ce Philippe,
avaient été infructueuses. Il fut ensuite confronté avec le jardinier de
son frère, le même qu'il avait vu avec
les gendarmes ; cet homme déclara
qu'il n'avait jamais vu Clarenville
qu'au moment où il fut arrêté ; mais
malheureusement ce témoin n'avait
vu aucun des assassins, sa déposition
portait en substance : « qu'ayant quelques ordres à demander à son pauvre
maître, avant de se coucher, il était
allé pour lui parler dans sa chambre ;
qu'ayant, contre l'ordinaire, trouvé
toutes les portes ouvertes, cela lui

avait donné des soupçons et de l'inquiétude ; il s'était avancé avec pré-
caution jusque dans la pièce qui pré-
cédait la chambre à coucher de
M. Robert ; là, il entendit des voix
effrayantes qui ordonnaient à son
maître de se lever et de livrer son argent et son porte-feuille. Il aurait bien
voulu secourir son maître ; mais con-
sidérant que les bandits étaient en
nombre , il avait préféré courir à
toutes jambes à la ville pour appeler
du secours ; il avait eu le bonheur de
rencontrer en route une patrouille de
la maréchaussée, l'avait instruite du
danger que courait son maître , et il
était venu en toute hâte avec eux à la
maison de Robert , où ils entraient au
moment que Clarenville en sortait. »

Quant à la *voix* que Clarenville affirmait avoir entendue, les juges n'y ajoutèrent aucune foi, parce que, malgré toutes les recherches, on n'avait trouvé personne, ni dans la maison, ni dans les environs. Clarenville avait pris la parole pour protester que ce qu'il avait entendu n'était ni un mensonge de sa part, ni un jeu de son imagination, lorsqu'il s'arrêta tout-à-coup au milieu de son discours: il pâlit visiblement, et sa figure offrit tous les symptômes de la terreur; il se retourna comme pour voir les personnes qui étaient derrière lui; ses yeux parurent passer en revue toute l'assemblée. Le président, surpris de son trouble, lui demanda ce qu'il avait? « Messieurs, dit-il, d'une

voix altérée, jugez si j'ai lieu d'être
surpris ; en ce moment même, je viens
d'entendre, pour la seconde fois, cette
voix qui m'a menacé chez mon malheureux frère ; pendant que je parlais,
quelqu'un a prononcé distinctement
ces mots à mon oreille : *Coquin, tu
périras de ma main !*

Il se fit un mouvement général dans
l'assemblée ; *c'est impossible*, disaient
les uns ; *c'est singulier*, disaient les
autres. Les juges se regardèrent, et
semblaient délibérer sur ce qu'ils devaient faire. Le président ordonna aux
huissiers de fermer les portes ; mais la
foule était si grande que l'on ne put y
réussir. Les spectateurs, qui étaient
derrière Clarenville, furent interrogés ;
tous répondirent qu'ils n'avaient rien

entendu. Enfin tout le monde finit par être persuadé que Clarenville s'était trompé, qu'il était impossible et contre toute vraisemblance qu'un assassin vînt ainsi s'exposer jusque dans le sanctuaire de la justice, et le calme ayant été rétabli, les juges se retirèrent pour aller aux voix ; Clarenville fut conduit dans une autre pièce, en attendant qu'on prononçât son arrêt.

Deux mortelles heures se passèrent avant qu'on le fit rentrer ; et plus le temps se prolongeait, plus il sentait son anxiété s'accroître. D'après l'exposé simple et naïf des circonstances qui l'avaient jeté sur le banc des criminels ; d'après le témoignage honorable qu'avaient rendu en sa faveur les négocians les plus recommandables de

Nantes, avec lesquels il avait toujours
été en relation de commerce, il lui
semblait que les preuves de son innocence devaient être pour ses juges aussi
claires que le jour ; le retard qu'ils met-
taient à prononcer son jugement lui
prouvait qu'ils avaient de la peine à
ne le pas croire coupable.

Enfin on donna l'ordre de le rame-
ner dans la salle d'audience : il se fit
un silence solennel ; et le président,
après un long préambule, finit enfin
par déclarer que Clarenville n'était pas
coupable du meurtre de son frère.
« Que son corps lui serait remis comme
à son plus proche parent, pour qu'il
reçût les honneurs de la sépulture. »
L'arrêt portait en outre que, quoique
Clarenville fût l'unique héritier connu

de Robert, le sequestre serait mis
néanmoins sur les biens de ce dernier,
tant meubles qu'immeubles , parce
qu'on avait de fortes présomptions de
croire que Robert avait fait un testament. »

CHAPITRE V.

Petite explication.

Nous avons laissé Elise s'applaudissant de sa pénétration, et donnant un libre cours aux sentimens de haine que la vue et les discours de l'étranger lui avaient inspirés. Cet homme importun fournit un ample texte à la conversation de nos deux dames, jusqu'au moment où Domingo qui l'avait reconduit fut de retour. — Eh bien, lui dit Elise, qu'avez-vous fait de votre sapajou? — Quel sapajou, petite maîtresse?.... Ah! j'entends, vous voulez parler du Monsieur que je viens de conduire? Oh! il ne ressemble pas

aux sapajoux qui me volent souvent
mes fruits ; celui-là donne au contraire ;
voyez, une, deux, trois, quatre pièces
d'or !

— Comment il vous a donné tout
cela ? Et vous avez eu le courage de le
prendre ? Quant à moi, j'aurais craint
que ces pièces ne fussent aussi fausses
que ses yeux. L'avez-vous conduit jusqu'à son habitation ?

—Vraiment non ; quand nous avons
été aux trois palmiers, il m'a dit qu'il
reconnaissait son chemin et que je
pouvais m'en retourner. — Eh ! que
vous a-t-il dit en chemin ? De vilaines
choses, sans doute ? — Oh non ! des
jolies choses au contraire ; il m'a dit
que vous étiez belle comme un ange ;
qu'il vous aimait beaucoup, et qu'il

voulait vous rendre bien heureuse.
Puis il m'a demandé si vous aviez un
amoureux; j'ai dit que non. Là-dessus
il est devenu tout-à-fait joyeux; mais
quand il a entendu que mon bon
maître s'appelait Clarenville, il a
changé de figure, il se donnait des
coups à la tête avec sa main en disant:
*Ah! si j'avais su cela! Mais il est
encore temps.* Il n'a pas voulu m'en
dire davantage ; mais je crois qu'il
connaît Monsieur votre père Clarenville.

— Cela ne se peut pas, répliqua
la mère d'Elise ; il a dit qu'il était
depuis peu de temps dans la colonie ;
voilà quatre mois que mon époux est
absent, et d'ailleurs aucune de ses
connaissances ne m'est étrangère.

— Oh! certainement, dit Elise, cet homme est un fourbe, et je suis sûre qu'il roule quelque mauvais dessein dans sa tête. Vous avez mal fait de recevoir son argent, Domingo ; mais dans tous les cas, s'il revient jamais ici, qu'on ait soin de m'avertir, pour que je me cache, car je ne veux pas le voir davantage. »

Quand Elise entra le lendemain dans le sallon, elle trouva sa mère assise en contemplation devant le portrait d'enfant qu'elle avait découvert la veille ; madame Clarenville paraissait plongée dans une profonde mélancolie.

« Allons, dit Elise, te voilà encore à t'affliger devant ce portrait ! Je t'assure que je ferai quelque jour un coup d'autorité, et que je le ferai enlever pendant ton absence, puisque tu n'es pas plus raisonnable.

Madame Clarenville sourit de la naïveté de sa fille, et la serrant contre son cœur : « Elise, dit-elle, si le Ciel m'avait enlevé mon enfant selon les lois ordinaires de la nature, les dix-sept ans qui se sont écoulés depuis que je l'ai perdu, ta tendresse, ma fille, auraient peut-être depuis long-temps effacé de mon souvenir la perte de cet enfant si regretté ; mais le perdre de cette manière.... Oh non ! cela ne s'oublie jamais !

— Eh bien ! dit Elise, puisque tu as tant de plaisir à t'affliger, que tu te plais tant à t'occuper de ce frère, que je n'ai jamais vu, raconte-moi donc

enfin de quelle manière tu t'en es vue
privée.

— Assieds-toi là, à côté de moi, je
vais satisfaire ta curiosité. Alors madame Clarenville commença son récit
en ces termes : « Tu n'ignores pas que
je suis de Nantes. Mes parens étaient
de riches et d'honnêtes négocians qui
me chérissaient tendrement ainsi que
ma sœur Julie. Jamais deux sœurs ne
furent unies par une amitié plus vive,
plus sincère et plus durable. L'idée
d'être un jour séparées l'une de l'autre
nous avait inspiré tant de répugnance,
que nous nous étions promis mutuelle-
ment de ne jamais nous marier ni l'une
ni l'autre, à moins qu'il ne nous fût
possible de demeurer dans la même
maison, et dans la même intimité que

celle dont nous jouissions chez nos parens.

« Cette promesse réciproque, que nos parens regardaient d'abord comme un enfantillage, nous attira bientôt des persécutions de leur part ; plusieurs partis, convenables sous tous les rapports, se présentèrent successivement tant pour ma sœur Julie que pour moi : ils furent tous refusés. Je te fais grâce de toutes les condoléances de nos amans, des reproches et des sollicitations de nos parens ; nous fûmes inébranlables, et probablement nous ne nous serions jamais mariées, si le Ciel ne nous eût offert deux frères qui s'aimaient aussi tendrement que nous nous chérissions Julie et moi. C'étaient ton père et son frère Robert.

Nous fûmes bientôt d'accord tous les quatre : les deux frères voulaient vivre ensemble, nous ne voulions pas nous quitter ; leur âge, leur fortune, leurs bonnes qualités, tout nous parut aussi convenable qu'à nos parens, et nous fûmes mariés tous quatre le même jour.

« Dès la première année, nous donnâmes toutes deux le jour à un fils. Ces enfans devinrent l'objet des soins et de la tendresse des deux mères ; chacune de nous regardait l'enfant de l'autre comme le sien ; nous les allaitions successivement tous deux. Julie, en plaisantant, avait gravé sur le bras droit de mon fils les lettres initiales de son nom J. R., Julie Rivière ; et me le montrant : « Regarde, dit-elle, cela ne s'effacera jamais : il est marqué à mon nom; qui oserait dire qu'il n'est pas mon bien? » Je pris ma revanche en gravant également sur le bras gauche de son enfant, C. R., Clémence Rivière, et deux cœurs unis. « Tiens, lui dis-je, celui-ci est marqué en mon nom, ainsi ne t'avise pas de le réclamer. »

Comblés des faveurs de la fortune, heureux par toutes les douceurs de l'amour conjugal et de la tendresse fraternelle, nos jours s'écoulaient ainsi sans nuages; nous avions toute la félicité que l'on peut désirer sur la terre. Dans la belle saison, nous habitions une charmante maison de campagne sur les bords de la Loire ; nos enfans croissaient sous nos yeux : ils

avaient biéntôt deux ans, on leur en
eût donné davantage, tant ils étaient
forts pour leur âge.

« Mais l'édifice de notre bonheur
devait bientôt s'écrouler ; le calme qui
régnait dans nos âmes allait bientôt
faire place à la plus violente tempête ;
hélas! nous éprouvâmes bien cruelle-
ment qu'il n'est aucun bonheur durable ici bas, et que c'est précisément
au moment où tout semble favoriser
nos vœux, que la foudre est prête à
nous écraser.

« Un jour, jour d'épouvantable mémoire, Julie, accompagnée d'une suivante, sortit sur le soir avec les deux
enfans, et alla s'asseoir sur la pelouse,
à quelque distance de l'habitation,
sur les bords de la Loire. Inspirée par

la perspective charmante qui s'offrait
à ses regards, il lui prit envie de la
dessiner, et elle envoya la fille à la
maison pour chercher son porte-feuille.
Je le lui remis moi-même, et je l'aurais accompagnée, si je n'eusse été obli-
gée de tenir compagnie à quelques
personnes qui venaient nous visiter.
Il y avait à peine un quart-d'heure que
cette fille était allée rejoindre ma
sœur, lorsque nous l'entendîmes pous-
ser des cris et des hurlemens affreux ;
elle se précipite dans l'appartement,
les cheveux épars, haletant de fatigue et de frayeur, en criant de toutes
ses forces : *Au secours! Sauvez Madame..... Les enfans!* Elle n'en put
dire davantage, les forces l'abandon-
nèrent, et elle tomba sans connais-

sance sur le plancher. A ses cris suc-
cédèrent les nôtres; toute la maison
fut bientôt en mouvement : mon époux,
Robert, moi, les étrangers et tous nos
domestiques, nous nous précipitâmes
tous, sans avoir encore aucune idée
du malheur qui nous attendait, vers
le lieu où la fille avait laissé ma sœur.
Arrivés sur la pelouse, nous ne vîmes
personne. Nous appelâmes cent fois
Julie! Julie! Point de réponse.... Ma
sœur! mon épouse! Qu'est-elle devenue! Tels étaient les cris que nous
proférions tous ensemble, lorsqu'un
des étrangers qui étaient avec nous,
s'écria tout-à-coup : la voilà! C'était
dans les flots de la Loire qu'il nous
la montrait. Nous poussâmes tous un
cri d'horreur. Sans réfléchir qu'il n'é-

tait pas en mon pouvoir de la sauver,
j'allais me jeter dans la rivière, Clarenville me retint, et, me jetant dans
les bras de Robert : Veillez sur elle,
dit-il, et en même temps il se préci-
pita tout habillé dans la Loire, na-
gea vers l'endroit où nous venions de
voir l'infortunée Julie, qui venait de
disparaître, et disparut à son tour sous
les flots. Ma douleur n'eut plus de
bornes, je crus avoir perdu mon époux,
je voulais mourir avec lui, et Robert
pouvait à peine me contenir, quand
nous vîmes tout à coup Clarenville revenir sur la surface des eaux, tenant
d'un bras le corps de Julie, et tâchant
de nager de l'autre pour gagner le
bord. Pendant ce temps-là, un des
étrangers s'était déshabillé : il s'élance

dans l'eau, rejoint Clarenville, au moment où ses forces commençaient à l'abandonner, le soutient, l'encourage, et bientôt tous deux sont sur la pelouse, où ils déposent le corps de Julie. Elle était pâle, sans mouvement, et ne donnait aucun signe de vie. On la transporta à la maison pour lui faire administrer tous les secours nécessaires, et tâcher de la rappeler à la vie, si cela était encore au pouvoir des hommes. Mais nos enfans, nos malheureux enfans, qu'étaient-ils devenus ?

« J'abrège cette scène de désolation, les cris, les pleurs, les recherches qui durèrent infructueusement toute la nuit, et je reviens à Julie. Pendant long-temps nous la crûmes morte ; nous nous aperçûmes, avec un redoublement d'effroi, qu'elle avait une large plaie sur le front, qui provenait, ou d'une chute qu'elle avait faite, ou d'un coup qu'elle avait reçu. Enfin elle ouvrit les yeux, la connaissance lui revint peu à peu, elle parla, et nous la crûmes sauvée. Le médecin, qu'on avait fait venir en toute hâte, lui prescrivit en vain le silence : comme Julie, seule, pouvait nous donner quelques lumières sur le sort de nos enfans, à peine fut-elle en état de parler, que chacun de nous l'assaillit d'une foule de questions. Nous avions déjà interrogé la fille qui était revenue de son évanouissement; mais comme l'événement s'était passé en son absence, elle ne nous

offrit aucun fil pour nous guider dans
ce labyrinthe inexplicable. Julie, de
son côté, était si faible, la douleur
que lui causait sa blessure était si violente, le souvenir de la catastrophe
dont elle avait été le témoin et la victime, troublait tellement ses esprits,
que nous ne pûmes obtenir d'elle que
des phrases décousues et un récit in-
cohérent. Cependant, en rassemblant
le peu de lumière que la suivante nous
avait donnée, et les différentes par-
ties du récit de Julie, voici à peu près
ce que nous parvînmes à comprendre.

« Pendant que la suivante était allée
chercher le porte-feuille de Julie,
celle-ci s'occupait à considérer dans
tous ses détails la beauté du paysage
qu'elle se proposait de dessiner. Tout

était calme autour d'elle, et le silence n'était interrompu que par le bruit léger des rames, qui conduisaient une barque vers la rive où ma sœur était dans le ravissement et la contemplation. Quand la barque eut atteint le bord de la rivière, il en sortit trois hommes d'assez mauvaise mine ; mais Julie, croyant que c'étaient des pêcheurs des environs, n'y prêta une attention sérieuse que lorsqu'elle vit ces trois hommes s'avancer sur elle, la saisir par le bras et le milieu du corps, et lui demander d'un ton qui la fit trembler, si elle avait de l'argent ? Comme elle n'en avait pas, ils se contentèrent de lui arracher sa montre, en la menaçant de la tuer, si elle faisait un cri pour appeler du se-

cours. Ils allaient se rembarquer, lorsqu'un des trois bandits, apercevant
nos deux enfans qui reposaient sur le
gazon, dit aux autres : « Tenez, nous
avons besoin d'enfans, voilà deux mar-
mots qui feront notre affaire ; empor-
tez-les ! » Les deux brigands saisirent
aussitôt les deux enfans et les remi-
rent dans la barque à une femme qui
y était restée, pendant que le troisième empêchait Julie de voler à leur
secours. Voyant ses deux camarades
embarqués, il jeta Julie par terre,
pour s'en débarrasser, et s'élança dans
la barque avec les autres. Mais l'amour
et le désespoir donnent bien des forces
à une mère ! Julie, hors d'elle-même,
aussi prompte que l'éclair, se relève
et se jette dans la barque presqu'en

même temps que le brigand, et, sans
calculer ses forces ni le danger, elle
arrache l'un des deux enfans des bras
de la vilaine femme qui les tenait, et
se disposait également à lui arracher
l'autre, lorsque l'un de ces monstres
lui assène un coup de rame sur le front.
Julie, ensanglantée, tombe dans la
rivière, la force lui manque pour conserver son précieux fardeau, l'enfant
qu'elle tenait disparaît pour toujours,
et les brigands s'éloignèrent avec la
moitié de leur proie. La suivante était
arrivée au moment où Julie se jetait
dans la barque, et, hors d'elle-même,
elle était accourue, comme je l'ai dit,
pour nous inviter à voler à son secours. Mais ce qui est déplorable,
c'est que ni Julie ni cette fille ne pu-

rent nous dire lequel des deux enfans
avait été noyé, lequel avait été enlevé par les brigands. Est-ce mon fils,
est-ce celui de ma sœur infortunée ? »

Madame Clarenville fut forcée d'interrompre son récit pour essuyer ses
larmes qui coulaient en abondance.
Le souvenir de ses infortunes avait
rouvert toutes ses blessures, et Elise,
la folâtre Elise elle-même se sentait
vivement affectée. Cependant, après
quelques momens de silence, la mère
d'Elise termina ainsi sa narration.

« Il me reste maintenant peu de
choses à te dire, ma chère Elise. Nous
nous étions flattés de sauver du moins
ma malheureuse sœur, Julie ne sur-
vécut pas vingt-quatre heures à l'événement cruel qui nous avait tous plon-

I.. 8

gés dans la désolation. Elle expira
dans mes bras, et bientôt cette pai-
sible retraite qui, jusque-là, n'avait
entenlu que des accens d'allégresse,
cette retraite tant de fois témoin des
plus doux épanchemens de l'amour
le plus heureux, de l'amitié la plus
pure, ne retentit plus désormais que
des accens du désespoir et de la douleur. Le temps, qui guérit tous les
maux, ne faisait qu'accroître nos regrets; nous tremblions autant de nous
trouver ensemble, que nous mettions
auparavant d'empressement à nous
rechercher et nous réunir. Chaque
objet nous rappelait notre bonheur
passé et nos pertes irréparables; je
ne vivais plus, je sentais que la douleur me réunirait bientôt à ma sœur

dans le tombeau. Ton père s'en aperçut, il trembla pour mes jours, et
résolut de me sauver en m'arrachant
de ces lieux, où je ne pouvais faire
un pas sans trouver une nouvelle
source de larmes. Il n'avait rien perdu
de sa tendresse pour son frère ; mais
son amour pour moi l'emporta sur
toute autre considération ; et il eut
le courage de s'arracher du sein d'un
frère si tendrement chéri, pour sauver son épouse. Après avoir long-
temps et sans succès réuni tous nos
efforts pour déterminer Robert à nous
accompagner, nous dîmes un éternel
adieu à la France, et nous vînmes
nous fixer à Saint-Domingue. Ta naissance seule, ô ma fille ! fut capable
d'apporter quelque adoucissement à

mes peines.; mais le trait qui a percé
mon âme y a fait une blessure trop
profonde pour que je puisse espérer d'en guérir. Ma sœur est sans
doute d ns le séjour des bienheureux.;
cette idée adoucit un peu l'amertume
de sa per e ; mais mon fils! si ce n'est
pas lui que les eaux de la Loire ont
englouti, où traîne-t-il maintenant sa
malheureuse existence ? A quel état
l'auront condamné les barbares qui
me l'ont arraché ? Voila l'idée qui
me tourmente , qui me poursuit sans
cesse ; mon imagination me le repré-
sente souvent dans la plus vile ab-
jection ; je me crée des fantômes : ils
me poursuivent jusque dans mes son-
ges , et toutes les forces de la raison
viennent échouer contre les vaines
terreurs de mon esprit.

—Maman, sais-tu ce qui m'a frappé le plus dans ton récit? Je suis étonnée qu'avec tout ton esprit, tu n'aies pas songé que tu avais un moyen de t'éclairer. Tu ne devines pas?

—Parle, si tu l'as trouvé ce moyen, c'est Dieu qui te l'inspire.

— Et ces lettres que vous avez gravées en traits ineffaçables sur le bras de vos deux enfans? Tu n'y penses donc pas? J'aurais fait publier par toute la terre que je donnerais une bonne récompense à celui qui me ramènerait un enfant marqué au bras de telle ou telle lettre. Il y a des gazettes dans le monde : on aurait lu ton avis et ta promesse; et qui sait si l'appât de l'or ne t'aurait pas fait rendre ton enfant?

— Vraiment tu as de la pénétration
et quelquefois de bonnes idées ; c'est
dommage qu'elles te viennent trop
tard. Eh ! crois-tu donc que nous ayons
négligé ce moyen ? Tous les papiers
de l'Europe ont retenti pendant plusieurs années de cette réclamation.
Soins inutiles ! Outre qu'il y a beaucoup de personnes qui ne lisent aucune gazette, ceux qui m'avaient ravi
mon fils ou mon neveu , auront pris
leurs précautions pour couvrir leur
crime d'une profonde obscurité, ou
ce malheureux enfant aura cessé de
vivre. Quoiqu'il en soit, il ne nous
est jamais parvenu aucun renseigne-
ment sur son compte.

—C'est étonnant ; mais malgré cela,
je n'abandonnerais pas cette idée. Je

recommencerais mes réclamations.
Qui sait ce que le hasard peut pro-
duire ? L'article de cette gazette ne
peut-il pas tomber sous les yeux du
jeune homme lui-même ? Tu serais
bien contente s'il se présentait devant
toi au moment où tu t'y attendrais le
moins !

Ah ! ma chère Elise, ne m'offre pas
cette frivole espérance ! Il y a long-
temps que j'ai cessé de m'abuser ; si
cet enfant vivait, nous aurions obtenu
quelques éclaircissemens sur son sort ;
car encore une fois, rien n'a été négligé
pour les obtenir.

~~~~~~

CHAPITRE VI.

Monologue.

« C'est donc là cette petite Clarenville pour laquelle j'ai traversé les
mers ! Joli minois, ma foi ! L'air un
peu sauvage ; mais nous saurons l'ap-
privoiser ! Ah vous me fuyez ! Vous
avez la gentillesse de me dire que ma
mine vous fait peur ! Il faudra pourtant
bien que vous vous accoutumiez à la
voir, cette figure là ; de gré ou de force
vous serez ma femme ! Eh quoi ! j'aurai risqué ma vie cent fois ; j'aurai
employé plus de ruses, pour vous obtenir, qu'il n'en faudrait au général le
plus expérimenté pour surprendre une

forteresse imprenable, et tant de peines, tant de fatigues, tant de dangers
n'auraient servi qu'à me rendre un objet d'aversion pour celle qui me fit
tout braver, tout entreprendre? Non,
non, je touche au port, je ne me lais-
serai pas rejeter en pleine mer; le
temps des orages et des bourasques
est passé, et il est temps que je re-
cueille le fruit de mes travaux pé-
rilleux!

« Son époux est absent.... Serait-il
encore à Nantes? N'importe, il viendra, si le Diable ne l'emporte pas en
route; et quel que soit le rapport que
ces deux bégueules puissent lui faire
sur mon compte, j'ai apporté un ta-
lisman qui les aura bientôt fait revenir de leurs préventions. On ne boude

pas long-temps contre celui qui vous
apporte cent mille livres de rente.
Certes, on ne m'accusera pas d'aimer
la mort : ne me suis-je pas familiarisé
avec elle pour assurer ma fortune ?
Et quand le Diable s'en mêlerait, je
ne suis pas encore aussi hideux que
la mort !

« Le nègre que je viens de congé-
dier m'a assuré qu'elle n'avait pas encore de galant ; il ne pouvait m'apprendre une meilleure nouvelle : point
de rival à écarter, point d'amour ro-
manesque à détruire ; la moitié de la
besogne est faite. Si la petite mijau-
rée a quelque répugnance pour moi,
le papa parlera, il commandera ; je
ne tiens pas absolument à la tendresse
de la donzelle, moi, j'aime mieux

son coffre-fort et ses plantations que ses beaux yeux.

« Il est vrai que j'ai débuté chez elle par une gaucherie ; mais pouvais-je deviner aussi que j'étais précisément chez celles que je cherchais, et qu'il m'importait tant de séduire ? La force de l'habitude m'a emporté ; je croyais passer une nuit agréable, et le Diable m'a tenté. Je me suis laissé mettre à la porte comme un chien hargneux. Fi donc !

« Heureusement tout peut encore se réparer. On marche avec plus de sûreté quand on connaît le terrein, Attendons que le père soit revenu pour réparer notre maladresse ; jusque-là contentons-nous d'observer la place de loin. »

On s'est aperçu facilement que celui qui prononçait ce monologue n'était autre que l'étranger importun dont madame Clarenville s'était si adroitement débarrassée. Quel était cet étranger ? Quels étaient ses projets ? Le lecteur voudra bien prendre patience ; dans ce moment-ci, nous ne jugeons pas encore à propos de satisfaire sa curiosité.

~~~~~~

CHAPITRE VII.

Seconde visite.

Il s'était passé quelques semaines depuis la visite importune de l'étranger, pour lequel Elise avait d'abord conçu une si violente antipathie ; on en avait parlé les jours suivans, et, comme cela arrive ordinairement, on avait fini par n'y plus songer. Monsieur Clarenville était maintenant le sujet de toutes les conversations d'Élise et de sa fille. Elles avaient reçu de lui, depuis son départ, une seule lettre qu'il avait écrite le soir même de son débarquement en France, et, depuis ce temps, aucune nouvelle ne leur était parvenue. Ce silence, qui était un sujet continuel de craintes et d'alarmes pour madame de Clarenville, semblait au contraire d'un heureux présage pour Elise. — Mon père n'écrit pas, disait-elle, tu ne vois donc pas, maman, qu'il n'a d'autre intention que de nous surprendre. Il sera ici au moment où nous nous y attendrons le moins. »

« Aveugles et faibles mortels que nous sommes! Nous nous perdons en conjectures sur les événemens qui nous étonnent, et sur ceux que nous ne comprenons pas. Une idée nous est-elle suggérée par la crainte ou le désir? Bientôt elle domine souverainement dans notre imagination; toutes les autres idées ne sont plus que se-

condaires, nous les rattachons tant
bien que mal à l'idée principale, et
lorsque le temps arrive où la vérité
vient dissiper tous les faux raisonne-
mens et toutes nos conjectures, il faut
céder alors, et reconnaître, malgré
nous, les bornes étroites de notre
esprit. Souvent aussi nous nous plai-
gnons de ce qu'un voile épais cache
l'avenir à nos yeux; la curiosité, l'impatience, la crédulité saisissent avide-
ment tous les moyens honteux ou ri-
dicules que la supercherie leur offre
pour les faire lire par anticipation dans
le livre des destinées humaines; et
depuis la sybille de Cumes jusqu'à la
diseuse de bonne aventure qui fait
des dupes sur une place publique ou
dans un galetas, les charlatans de

toute espèce ont toujours vu la foule
empressée à demander, à payer des
oracles auxquels souvent ils ne croient
pas. Ah! ce n'est pas sans raison que
l'éternelle Providence dérobe à nos
regards les biens qui nous attendent
et les maux qui nous menacent! Que de-
viendrions-nous, que deviendrait le
monde, sans cette ignorance salutaire
qui semble nous inviter à jouir du présent en bravant l'avenir? Tout le
monde convient qu'il n'y a personne
de véritablement heureux ici bas. La
somme de nos maux y surpasse de
beaucoup la masse du bonheur le plus
grand. Eh bien! interrogez tout le
monde parvenu à l'âge de cinquante
ou soixante ans; il vous fera le récit
de ses peines, l'énumération des dis-

grâces, des traverses, des persécutions qu'il a essuyées; et je me trompe
fort s'il en est un seul qui eût consenti
à vivre, s'il eût connu d'avance et à
n'en pas douter, la longue série de
maux qui l'attendaient dans le cours
de la vie en apparence la plus heureuse. La connaissance de l'avenir
amènerait bientôt la fin du monde.
Qui oserait former les nœuds de l'hy-
men, s'il connaissait d'avance les tra-
casseries qu'il aura à éprouver dans
les liens les mieux assortis? Qui oserait
se charger de diriger le vaisseau de
l'Etat, s'il voyait dans l'avenir les
tempêtes qui doivent le ballotter, ou la
foudre qui doit l'écraser? Non, tout
est bien comme il est; l'obscurité de
l'avenir est favorable aux illusions de

l'espérance, et l'espérance seule nous anime, nous accompagne dans les chemins les plus épineux de la vie, et seule nous donne le courage et les forces nécessaires pour braver et surmonter la fatigue de ce pénible voyage. »

Quelques lecteurs trouveront peut-être ces réflexions un peu longues et même déplacées; qu'ils s'en prennent à madame Clarenville, car c'était elle qui les communiquait à Elise après avoir été témoin de ce que je vais raconter.

Vers la fin d'une belle journée ces deux dames étaient sorties, tant pour respirer le frais que pour visiter une plantation où un grand nombre de nègres étaient occupés. Lorsqu'elles approchèrent du champ, elles ne furent pas peu étonnées de voir que les nègres et les négresses étaient en groupes au lieu d'être livrés à leurs travaux ordinaires. De temps en temps ils faisaient le plus grand silence, puis tout à coup c'étaient des cris, un brouhaha qui retentissait au loin. Curieuses de voir ce qui causait ce dérangement extraordinaire, elles se hâtèrent d'arriver sur le lieu de la scène. Les nègres ne les eurent pas plutôt aperçues, qu'ils les entourèrent tous, parlant tous à la fois, et avec tant de confusion, qu'il était impossible à nos dames de deviner ce qu'on voulait leur dire; ayant enfin obtenu, avec bien de la peine, un instant de silence, madame Clarenville en profita pour demander à Domingo ce que tout cela signifiait.

« Brave maîtresse , dit celui-ci ,
ne vous fâchez pas! C'est une vieille
blanche qui nous dit la bonne aventure : oh! elle est bien savante! elle
m'a dit tout ce qui m'est arrivé et tout
ce qui m'arrivera.»

Madame Clarenville allait répliquer lorsque celle qui était l'objet
de l'attention générale s'approcha
d'elle. C'était une vieille femme bizar-
rement vêtue , à peu près dans le
costume d'une Bohémienne.

« Donnez , ma belle Dame , donnez-moi votre main; je veux vous dire
votre bonne aventure ! Allons, je vois
que vous n'ajoutez pas beaucoup de
foi à ma science ; vous avez tort : telle
que vous me voyez , je lis dans les astres , j'y découvre le passé, le présent

et l'avenir. A la simple inspection de votre main, je vois aussi clairement ce qui vous est arrivé et ce qui vous arrivera, que si je le lisais dans un livre.

— Je ne suis pas curieuse de connaître l'avenir, dit madame Clarenville en souriant, mais je suis tentée de faire l'essai de votre science, en l'interrogeant sur le passé.

— Je vais donc vous satisfaire; mais comme tout le monde n'a pas besoin d'être instruit de ce qui vous regarde, faites éloigner tous ces gens-là, ensuite je vous ferai voir mon savoir-faire. »

Madame Clarenville fit un signe, et tous les nègres se retirèrent à une distance assez grande pour que l'on pût parler sans qu'ils entendissent. Elle tendit ensuite sa main avec assez de répugnanee à la vieille, qui eut l'air de l'examiner d'abord en tout sens et avec beaucoup d'attention; elle donna tour à tour des signes de surprise, de terreur et de compassion, puis d'un ton solennel prononça ces mots:

— Quel singulier spectacle! je vois deux frères inséparables, deux sœurs qui ne veulent pas se quitter, deux mariages en un jour, et deux enfans à la fois! Mais que m'annonce cette petite ligne de votre main, qui traverse ces trois autres grandes lignes? Ciel! les flots s'entr'ouvrent! Deux victimes disparaissent! Les trois lignes sont encore séparées par une autre. Deux d'un côté de la mer, un de l'autre! Ah! je vois encore un enfant perdu; que de larmes répandues sur son absence! Sa mère....

— Femme ! femme! interrompit madame Clarenville hors d'elle-même, parlez! Qui vous a si bien instruite des secrets de ma famille? Qui êtes-vous ? D'où me connaissez-vous ?

— Ah ! ah ! ma belle Dame , dit la vieille avec un malin sourire et en ôtant ses lunettes ; vous commencez donc à croire à ma science ? J'ai frappé juste , n'est-ce pas? Du reste, je vous proteste que voici la première fois que j'ai l'honneur de vous voir ; mais comme je vous l'ai déjà dit , les astres et l'inspection de votre belle main , voilà toute ma science.

— En vérité , dit madame Clarenville, en se retournant du côté d'Elise , qui avait partagé sa surprise, en vérité, je suis bien bonne d'avoir pu m'étonner

un instant d'une chose aussi naturelle.
Si ces gens-là n'ont pas assez de talent
pour deviner l'avenir, au moins ont-
ils ordinairement assez d'adresse pour
s'informer de tout ce qui regarde les
personnes qu'ils présument devoir les
consulter.

— Eh bien, moi, dit Elise, je n'ai
pas besoin qu'elle me dise les choses
qui me sont arrivées, et que je sais
mieux qu'elle. Mais voyons un peu ce
qu'elle va me promettre pour l'avenir.
Tenez, la vieille, voilà ma main, et
mettez vos lunettes, afin de voir plus
clair dans ma bonne aventure.

— Oh ho! dit la vieille, après avoir
bien examiné la jolie main d'Elise,
voilà des lignes qui n'annoncent rien
que d'heureux! Il y a bien quelques

petites contrariétés ; mais le sort y aura moins de part que votre tête : ce sont quelques préventions à détruire, une habitude à prendre. Voilà un homme qui traverse les mers pour vous apporter une fortune immense ; aimez bien cet homme - là , Mademoiselle , votre destinée dépend des sentimens que vous aurez pour lui. Pauvre petite ! comme votre cœur va palpiter ! Ecoutez bien ceci : Avant que le soleil se soit couché deux fois , vous verrez le bienheureux mortel que les astres vous destinent pour époux.

— Au moins, dit Elise en s'efforçant de sourire , ma patience ne sera pas soumise à une longue épreuve. Prenez-y garde, ma bonne vieille , vous vous exposez à ce que votre

1. 10

science miraculeuse soit mise en défaut ; vous auriez dû prudemment
prendre un terme plus long que vingt-
quatre heures.

— Je dis ce que j'ai lu dans votre
main, Mademoiselle; dans vingt-quatre
heures vous saurez à quoi vous en
tenir. »

Madame Clarenville secoua la tête,
donna quelques pièces de monnaie à
la vieille, qui fit quelques difficultés
pour les accepter, et, sur la demande
de Domingo, elle permit que la vieille
dît la bonne aventure aux nègres qui
ne l'avaient pas encore entendue; après
quoi elle reprit avec sa fille le chemin
de son habitation. Pendant toute leur
promenade, elles s'entretinrent de ce
qu'elles venaient d'entendre, et ce fut

à cette occasion que madame Clarenville fit les réflexions que nous avons mises au commencement de ce chapitre. Le soleil était prêt à se coucher lorsqu'elles arrivèrent à leur porte ; Elise en fit la remarque, en disant : il paraît que je ne verrai pas mon futur aujourd'hui. En disant cela, elle quitta le bras de sa mère, s'élança dans le salon avec la légèreté d'une biche ; mais sur-le-champ poussant un cri de frayeur, elle en sortit plus vite qu'elle n'y était entrée, et disparut.

Madame Clarenville, étonnée au dernier point de cette fuite précipitée, n'eut cependant pas besoin d'attendre long-temps pour en connaître la cause ; elle la devina en voyant un homme sortir du salon, et s'avancer

vers elle : c'était l'étranger importun.
Indignée de voir que cet homme osât
encore se présenter chez elle, et surtout en son absence, elle allait écla-
ter sans ménagement ; mais celui-ci
ne lui en donna pas le temps.

« Madame, lui dit-il, du ton le
plus soumis, après la manière indé-
cente dont je me suis comporté chez
vous, vous ne deviez sans doute pas
vous attendre à la hardiesse que j'ai
de paraître sitôt en votre présence.
Mais j'ai toujours eu pour principe
que quand on a eu des torts, il faut les
réparer le plus promptement possible ;
et c'est dans cette intention que je me
présente aujourd'hni devant vous.

— Monsieur, je vous avais oublié,
ainsi que vos insultes, et je crois qu'il

'tait inutile de venir me les rappeler,
t d'effrayer de nouveau ma fille, justement alarmée cette fois de votre
présence inattendue. Il eût été, ce
me semble, plus convenable de nous
imiter, en nous oubliant tout à fait.

— Vous avez parfaitement raison,
Madame, et c'est aussi le parti que
j'aurais pris, si le nom de M. Clarenville, prononcé par votre nègre, ne
m'eût fait voir qu'à mon impolitesse
j'avais encore ajouté l'imprudence,
pour ne pas dire plus, d'offenser précisément la personne à qui j'avais le
plus à cœur de ne pas déplaire; puisque
c'est pour vous, oui, Madame, pour
votre famille seule que j'ai quitté la
France, et que j'ai traversé les mers.

— Vous avez quitté la France pour

nous, Monsieur ?... Donnez-vous donc
la peine de vous asseoir.... Ce que
vous me dites est tellement inconce-
vable , que je sais à peine si je dois y
ajouter foi.

— Rien n'est cependant plus vrai ;
et vous commencerez à me croire,
quand je vous aurai dit que, malgré la
différence de nos âges, la plus grande
amitié unit M. Robert Clarenville et
moi.

— Mon beau-frère? Mon bon frère !
vous le connaissez ! Ah ! parlez-moi de
lui ! que fait-il ?

— Quand je l'ai quitté, il jouissait
de la meilleure santé ; mais le désir
ardent de revoir son frère, l'avait accablé d'une profonde mélancolie; sans
cesse occupé de votre famille , il m'en

entretenait souvent ; il me parlait
tous les jours d'un projet qu'il brûlait
de mettre à exécution. Le bonheur
de sa vie y semblait attaché : il me le
confia, je lui offris mon zèle et mes
soins : il finit par accepter mes services,
et c'est pour remplir ses volontés, que
je suis venu dans cette île.

— Vous excitez ma curiosité au
plus haut degré, Monsieur ! je brûle
de savoir quel était ce projet auquel
mon beau-frère était si attaché ?

— Vous le saurez, Madame ; mais
il n'est pas encore temps de vous en
instruire : c'est à M. Clarenville, à
votre époux seul que je dois révéler
un secret de cette importance ; non
que je ne vous juge digne et très-digne
de le partager, et même d'en avoir

connaissance la première, je ne vous
ferai point cette injure ; mais je dois
remplir exactement les intentions de
M. Robert, et c'est pour m'y conformer, que je vous prie d'agréer mes excuses de ce que je ne vous en dis pas
davantage pour le moment,

— Mon Dieu, Monsieur, vous m'ef-
frayez ! cet air de mystère....

— Rassurez - vous, Madame ce
que je suis chargé de vous annoncer
n'a rien qui doive vous alarmer ; at-
tendez-vous, au contraire, à la nouvelle la plus agréable. Voilà tout ce
que je puis vous dire. »

L'étranger se leva, et après avoir
encore une fois prié madame Clarenville d'excuser et d'oublier la conduite
qu'il avait tenue dans sa première

visite, il la salua très-civilement, et s'é-
loigna, sans que la mère d'Elise lui dit
la moindre chose pour l'engager à
rester.

Bientôt Elise rentra. « Le vilain homme, dit-elle, quelle frayeur il m'a cau-
sée! Je me suis sauvée si loin, que cette
fois je n'ai pas même songé à venir
écouter ce qu'il disait. Mais que vou-
lait-il ? A-t-il encore prétendu qu'il
passerait ici la nuit malgré nous ?

— Non, ma fille, il a été extrêmement poli ; au point que je me reproche
en quelque sorte de ne lui avoir pas
offert aujourd'hui, de bonne grâce,
l'asile qu'il voulait obtenir l'autre jour
à force d'importunités.

— Ah! maman, que dis-tu là ? Je
t'assure qu'il me serait impossible de

dormir tranquille sous le même toit que cet homme-là. Tu n'as donc pas regardé ses yeux? Je te réponds qu'ils font peur à voir.

—C'est un enfantillage tout pur que cette prévention-là. Il doit revenir ici; il vient de la part de ton oncle Robert; il a des choses importantes à nous communiquer, de bonnes nouvelles à nous donner : il faudra tâcher de vaincre ta répugnance, ma fille, et ne pas fuir à son approche, comme un enfant de six ans.

— Ne me fais pas promettre cela : tiens, c'est plus fort que moi, jamais je ne pourrai regarder cet homme-là en face. »

La conversation dura encore sur ce ton-là jusqu'au moment où nos deux

dames se séparèrent pour trouver,
dans les douceurs du sommeil, l'oubli
momentané des événemens de cette
journée.

~~~~~~

CHAPITRE VIII.

Surprise agréable.

LE lendemain Elise, contre son ordinaire, avait l'air extrêmement sérieux, madame Clarenville, de son côté, paraissait plongée dans de profondes réflexions : toutes deux déjeûnèrent ensemble sans proférer une parole ; on eût dit qu'elles étaient muettes. Cependant, avant de quitter la table, Elise ayant poussé un gros soupir, madame Clarenville sortit de sa rêverie, et, regardant sa fille d'un air inquiet :

« Qu'as-tu donc, ma chère Elise, lui dit-elle ? Tu es bien sérieuse ?

— Eh, maman! je pourrais bien t'en dire autant; car, excepté le *bon jour* d'habitude, tu ne m'as pas encore dit un mot. Veux-tu que je te dise ce qui m'occupe? Eh bien! c'est la visite de ce vilain homme d'hier.

— Je te croyais plus raisonnable que cela. Tu ne réfléchis donc jamais?

— Ah! tu crois cela? C'est précisément parce que je réfléchis, que je suis aussi triste. Je voudrais être morte : il m'arrivera quelque malheur.

— Ma pauvre fille! est-ce que tu deviendrais folle? Et quel malheur peut-il t'arriver? Qui peut t'inspirer cette crainte chimérique? Parle.

— Pour le coup, si tu veux que je

te le dise, c'est toi qui ne réfléchis pas.
Tu as donc oublié ce que m'a prédit
hier cette diseuse de bonne aventure.
« *Avant que le soleil se soit cou-*
ché deux fois, vous verrez le bien-
heureux mortel que les astres vous
destinent pour époux. » Voilà ses
propres paroles, j'en ai ri d'abord
comme toi ; mais quand en entrant
ici hier, je vis tout à coup devant
moi ce vilain homme que je déteste
tant, et au moment où je m'y attendais le moins, alors la prédiction de
la vieille sorcière a frappé mon esprit ; et je t'avoue que j'ai été moins
effrayée de la présence de l'étranger, que du rapport singulier qu'elle
me paraît avoir avec les paroles de
la vieille.

— Voilà ce qui s'appelle s'alarmer à bien peu de frais; je l'avoue.

— Comment, à bien peu de frais! il n'y a qu'un homme dans le monde que je déteste, et c'est justement celui-là qui s'offre le premier à ma vue! La vieille ne t'a-t-elle pas dit exactement tout ce qui t'est arrivé? Eh bien! si elle est aussi instruite de l'avenir que du passé, il est clair que ce vilain étranger est l'époux *que les astres me destinent*. J'aimerais mieux être morte, mille fois morte, que d'épouser un homme semblable: rien que d'y penser, il y a de quoi mourir de frayeur.

— Voilà donc l'effet de la superstition! Parce qu'une misérable créature m'a dit des choses qu'il lui était très-facile de savoir, que tout autre au-

rait pu me dire à sa place, ma fille
s'imagine que l'avenir n'a rien de caché pour elle. Non, Elise, non, il n'est
donné à aucun mortel de soulever le
voile qui couvre les événemens fu-
turs ; celui qui dirige à son gré les destinées des hommes, Dieu seul connaît
l'avenir : la toute-science n'appartient
qu'à la toute-puissance ; et ce serait
l'offenser, que de croire que ces deux
prérogatives de la Divinité pussent
être en aucune manière usurpées par
un chétif mortel. Rougis de ton erreur,
bannis de frivoles, de coupables alarmes, et mets toute ta confiance dans
le père commun des êtres.

— Tu ne me dis rien là que je ne
me sois dit à moi-même. Je veux bien
que la vieille soit une ignorante et une

menteuse ; mais je n'en suis pas plus rassurée pour cela. Tu vas voir si je ne réfléchis pas quelquefois tout comme un autre. Je me suis dit : La vieille connaît l'avenir ou elle ne le connaît pas : nous convenons que le premier cas est impossible ; mais dans le second cas, quelle a été son intention en me faisant une prédiction, et en fixant un terme aussi court pour en constater la vérité ? On sait bien que je ne peux pas me marier avec un nègre ; et, depuis le départ de mon père, tu sais aussi que nous avons souvent été huit jours sans voir un blanc. La vieille était donc sûre de son fait : elle m'annonce qu'un homme doit traverser les mers pour faire ma fortune, que je verrai mon futur avant vingt-

quatre heures; elle savait donc que ce
vilain étranger était ici ou qu'il y vien-
drait? elle s'entend donc avec lui?
elle a donc voulu profiter de ma crédulité pour me familiariser avec l'idée
que ce méchant homme devait être
mon époux? voilà donc une conspi-
ration, un vrai complot contre mon
repos, et je dois m'attendre à être
persécutée : j'ai donc raison de craindre
qu'il ne m'arrive quelque malheur.
Eh bien! te voilà bien étonnée; c'est
raisonner cela, c'est réfléchir, je crois.

— Oui, ma fille, oui, c'est réfléchir;
c'est-à-dire, c'est se former à plaisir
des fantômes pour effrayer son imagination; car, en supposant qu'il y
ait ce que tu appelles un complot
contre ton repos, que la vieille et cet

étranger soient d'accord, qu'as-tu à redouter? On ne peut t'épouser ni malgré toi, ni malgré tes parens; et quant aux persécutions que tu crains, n'as-tu pas une mère qui veille sur toi? Et ton père, qui ne peut tarder à revenir? Allons, mon enfant, tranquillise-toi, et bannis ces craintes chimériques. »

Madame de Clarenville cherchait à inspirer à sa fille une sécurité qu'elle était loin de partager. L'air sérieux qu'elle avait eu pendant tout le déjeûner, était une preuve que son esprit n'était pas plus tranquille que celui d'Elise; elle avait été frappée de la justesse de ses réflexions, mais faisant un effort sur elle-même, elle avait dissimulé ses propres inquiétudes, pour ne pas augmenter celles de sa fille ; qu'elle ne voulait pas affliger. Et faut-il le dire ? Madame Clarenville ressemblait à beaucoup d'autres femmes que je connais : tout en déclamant contre la supercherie et l'ignorance des devins, tout en plaisantant sur leurs oracles, son esprit s'arrêtait malgré elle sur leurs prédictions ; elle avait beau dire qu'elle n'y croyait pas, peut-être même s'efforçait-elle de ne pas y croire ; mais si l'on avait pu lire au fond de son âme, on aurait vu qu'elle en calculait secrètement la possibilité, qu'elle comparait les circonstances avec les prédictions, pour en tirer une conséquence.

Pour éloigner les tristes pressentimens d'Elise, elle amena adroitement

la conversation sur M. Clarenville, et
la journée entière se passa en parlant
de sa longue absence, de son silence
et du plaisir qu'on éprouverait à son
retour. Elise se livra avec abandon aux
charmes de cette conversation, et
madame Clarenville se félicitait intérieurement d'avoir réussi à dissiper
les idées d'Elise sur la prédiction de la
vieille ; mais tout en causant d'autre
chose, Elise regardait de temps en
temps le soleil avec une sorte d'inquiétude, et s'écria enfin : Maman !
dans dix minutes le soleil va se coucher, et je n'aurai pas vu d'autre blanc,
que ce vilain étranger ! »

Madame Clarenville allait lui répondre, lorsqu'un bruit confus de
voix, des cris de joie se faisant en-

tendre, elle sortit précipitamment
avec sa fille, pour voir ce qui causait
cette rumeur. A peine furent-elles arrivées dans le vestibule, qu'elles virent
tous leurs nègres accourir en foule
et en désordre, en criant : *Vive notre
bon maître ! Vive M. Clarenville !*
Et bientôt M. Clarenville, lui-même,
se faisant jour au travers de ces bons
noirs, serra son épouse et sa fille dans
ses bras.... Mon père ! Cher époux !
Notre bon maître ! telles étaient les
seules paroles que l'on pouvait dis-
tinguer. Des larmes de joie coulaient
de tous les yeux, les expressions de la
tendresse sortaient de toutes les bou-
ches. Peu à peu cependant on commença à se calmer ; les nègres furent
congédiés ; on leur permit de quitter

leurs travaux ordinaires, et de se livrer entr'eux à toute la joie que leur
inspirait le retour d'un si bon maître.
Ils se retirèrent, et laissèrent enfin nos
deux époux libres de se livrer sans
contrainte à leurs épanchemens mu-
tuels. Ils avaient tant de choses à se
dire! Laissons-les se livrer aux transports d'un plaisir bien naturel après
une si longue absence, pour nous occuper un instant de deux personnages
que le lecteur connaît déjà.

~~~~~~

CHAPITRE IX.

Conversation de deux honnêtes gens.

Avez-vous oublié les réflexions que faisait l'étranger, après son incartade chez madame Clarenville ? S'il en est ainsi, tournez quelques feuillets, et jetez les yeux sur le Chapitre VI de cette histoire ? Y êtes-vous ? — Oui....... — Eh bien ! je continue.

L'étranger arriva chez lui dans un état d'agitation qui décelait assez le dépit qui l'animait, pour qu'il n'échappât pas à la perspicacité de la vieille Véronica.

«Vous voilà, lui dit-elle en entrant :
je ne vous attendais plus aujourd'hui.
Mais qu'avez-vous donc ? Vous paraissez en colère.

—J'ai.... j'ai ce que j'ai, cela ne
regarde personne. Vous savez bien
que je n'aime pas les questions. Donnez-moi à manger ; j'ai faim.

— Là, là ! point d'emportement,
s'il vous plaît. Si vous avez faim, vous
allez être satisfait dans le moment.
Tenez, asseyez-vous là ; voilà de quoi
souper. Cependant vous avez beau
dire, ou plutôt vous avez beau vous
taire, vous ne me ferez pas accroire
que c'est la faim qui vous donne cet
air courroucé. Si cela était, vos regards deviendraient plus doux à l'aspect de ce morceau si délicat, si bien

accommodé. Hein! hein! il y a de
l'anguille sous roche.

— Il y a le diable qui vous emportera, si vous me rompez plus
long-temps la tête avec votre maudit
bavardage et votre curiosité.

— Vous me traitez bien durement,
et certes je ne l'ai pas mérité à votre
égard. Vous savez bien que si je suis
curieuse de connaître la cause de vos
chagrins, c'est par pur intérêt pour
vous, c'est pour chercher les moyens
de les adoucir : cela m'a réussi quelquefois, vous ne pouvez pas l'avoir
oublié. Auriez-vous fait quelque fâ-
cheuse rencontre? Auriez-vous commis
quelque imprudence, comme cela vous
arrive trop souvent? Je parie que j'ai
deviné ; oui, c'est cela : je vous connais.

— Eh bien, femme ou diable, si vous me connaissez, vous devez savoir que je suis homme à vous jeter ce plat par la tête, si vous ne vous taisez pas.

— Oui, je sais que vous êtes homme à cela; mais je sais aussi que vous n'en ferez rien. Il te sied bien de me menacer! Sais-tu qui je suis? qui tu es?

— Vous m'avez dit assez de fois que vous étiez ma mère, pour que je ne l'oublie pas. Quand je serais le fils de la femelle du diable, je ne souffrirais pas qu'elle se mêlât de mes affaires; je suis assez grand pour me conduire seul. Une fois pour toutes, je déclare que je n'entends pas qu'on me mène avec des lisières.

— Tu ne veux pas qu'on se mêle

de tes affaires ? Vraiment tu en as fait
de belles quand tu n'as pas suivi mes
avis ! Tiens, ne me pousse pas à bout ,
ne me fais pas parler , ou je te mettrai
si bas, si bas , que tu te trouveras heureux d'être , comme tu le dis , l'enfant
du diable.

— Ma foi , écoutez donc, vous ne
m'avez jamais fait connaître mon père,
et je ne serais pas étonné que vous
eussiez eu quelque commerce avec Lu-
cifer. Vous auriez été pour lui d'une
méchanceté séduisante !

— Tremble , misérable , tremble
que je ne te le fasse connaître celui à
qui tu dois le jour !.... Mais je suis
bien sotte de m'emporter ainsi, et de
me faire du mauvais sang pour quelqu'un qui reconnaît si mal mon atta-

chement et mes intentions. Gardez vos
secrets, je ne m'en informerai plus,
je ne veux plus rien savoir de ce qui
vous concerne.

— A la bonne heure. Quand vous
parlerez comme cela, je n'aurai jamais rien de caché pour vous ; mais
vous me tuez de questions presqu'avant
que je ne sois entré : je n'aime pas cela ;
voilà mon caractère à moi, chacun a
le sien. Je n'ai point fait, comme vous
le présumiez, de mauvaise rencontre.
Au contraire, le hasard m'avait offert
celle que je désirais le plus ; mais,
comme vous l'avez fort bien deviné,
j'en ai presque perdu tout le fruit par
mon imprudence. »

Là-dessus il raconta à Véronica,
son entrée chez madame Clarenville,

l'accueil qu'il en avait reçu d'abord; sa conduite, son obstination à vouloir y passer la nuit malgré elle, et enfin la manière brusque et inattendue dont on l'avait mis à la porte. Après quelques juremens :

« Je ne sais, poursuivit-il où j'avais la tête; mais j'étais piqué de l'impolitesse de la fille, qui s'était enfuie. Elle m'avait paru jolie : mon faible pour votre maudit sexe d'un côté, l'amour propre piqué au vif, de l'autre, me faisaient désirer de me réhabiliter dans son esprit, d'effacer la première impression ; et puis les vapeurs du vin que j'avais bu coup sur coup me montaient à la tête, et mon sang-froid m'avait tout à fait abandonné. Mais je réparerai tout cela.

— Cela serait peut-être assez difficile, si je ne vous secondais. Vous
voulez, dites-vous, attendre le retour
du père pour faire votre seconde visite.
Gardez-vous-en bien. Il faut absolument qu'avant son arrivée, ces femmes
aient conçu de vous une meilleure idée,
qu'elles vous voient d'un autre œil. Si
elles faisaient de vous à Clarenville un
rapport désavantageux, tout serait
perdu.

— Vous ne songez donc pas que ces
bégueules-là ont une armée de noirs
à leur service, et qu'en me présentant
une seconde fois chez elles, je risque-
rais d'être reconduit avec moins de
précautions que la première.

— Rapportez-vous-en à Véronica
pour écarter de vous ces surveillans.

incommodes. Croyez-vous que j'aie
oublié mon ancien métier de sorcière?
Si j'ai autrefois trouvé tant de gens
crédules parmi les blancs, je me flatte
que j'en trouverai un plus grand nombre parmi les nègres, qui sont géné-
ralement stupides et superstitieux.
Laissez-moi faire, j'irai donner un
échantillon de mon savoir à quelqu'un
des gens de madame Clarenville; je
lui recommanderai de n'en parler qu'en
secret, et seulement à ses camarades; je
leur indiquerai l'heure et le jour où
je pourrai leur dire leur bonne aventure: cela circulera parmi eux; je réponds qu'il n'en restera aucun auprès
de ces dames. C'est au moment où
j'occuperai tous les esclaves, que vous
ferez votre seconde visite, sans crain-

dre d'être éconduit. Vous ferez vos excuses ; vous laisserez échapper quelques mots sur votre prétendue liaison avec l'oncle Robert ; la curiosité, un commencement d'intérêt affaibliront la mauvaise impression que vous avez produite. En n'entrant dans aucune explication, vous ferez désirer votre retour, et le temps, la ruse et mes soins feront le reste.

— En vérité, vous êtes une femme charmante, Véronica ; votre plan me paraît on ne peut mieux conçu, je l'adopte en entier.

— Oui, oui, je suis une femme charmante maintenant ; et à la première occasion, vous m'accablerez d'injures. Mais ne parlons pas de cela, revenons plutôt à nos conventions.

Deux motifs bien puissans vous ont
conduit à Saint-Domingue, vous le
savez. En premier lieu, la nécessité de
pourvoir à votre sûreté ; et puis le
projet formé depuis long-temps d'é-
pouser l'héritière de Robert, de vous
assurer par-là une fortune considé-
rable, qui vous mette en état de vivre
enfin tranquillement, et qui couvre la
rouille de votre origine. C'est pour
vous aider dans ce projet, que j'ai consenti à vous suivre : mes exploits en
Europe ont été moins brillans que
les vôtres, ils ont eu moins d'éclat, et
je pouvais y rester sans craindre la
persécution, qui s'attache toujours aux
grands *talens*, comme ceux que vous
avez déployés.

— Laissez donc, vous me faites

rougir, avec vos éloges, Véronica !
Mais laissons-là mes exploits et les
vôtres : où voulez-vous en venir ?

— Patience, vous allez le savoir. Si
vous croyez que mon intention soit de
rôtir toute ma vie dans cette four-
naise, vous vous trompez; après l'or,
c'est la France et la santé que j'aime
le mieux. C'est donc pour avoir de l'or
en assez grande quantité, pour retourner finir doucement mes jours dans
ma patrie, que je consens, que je
m'engage à vous aider de tout mon
pouvoir. C'est assez vous dire que je
mets un prix à mes services. Vous
êtes trop raisonnable pour me le
refuser.

— J'admire votre tendresse mater-
nelle. Mais voyons quel est le prix que

vous *exigez* de vos services ? Surtout n'allez pas le mettre trop haut.

— C'est une bagatelle, cela ne vaut presque pas la peine d'en parler. Dès que votre mariage sera assuré, vous me compterez seulement deux mille écus, et vous me remettrez un contrat en bonne forme, pour m'assurer dix mille livres de rente. Je ne suis pas ambitieuse, comme vous voyez ; mais cette rente annuelle me suffira pour vivre honorablement dans quelque partie de la France où ma figure et mon nom ne soient pas connus. Quant aux deux mille écus, il me faut bien cette somme, tant pour payer ma traversée, que pour attendre patiemment l'époque où je toucherai le premier quartier de ma rente.

— Deux mille écus comptant ! Dix mille livres de rente ! Que le Diable vous emporte plutôt dix mille fois ! Vous voulez donc me ruiner !

— Etes-vous fou ? Ne vous restera-t-il pas plus de cent mille francs de revenu ? N'est-ce pas à moi que vous les devrez ? Fi donc, vous devriez rougir ! »

Au fait, dit l'étranger en lui-même, je ne risque pas beaucoup à lui promettre ce qu'elle demande ; quand mon mariage sera assuré, je trouverai toujours bien le moyen.... «Allons, Véronica, ne vous fâchez pas, faites-moi réussir, et je consens à tout ce que vous voulez.

— Votre promesse ne me paraît pas faite de bon cœur ; vous avez peut-

être l'intention de me tromper. Mais
pour vous en ôter l'envie, souvenez-
vous bien que votre sort est entre mes
mains ; que vous ne pouvez rien faire
sans moi. Si vous manquiez à votre
parole, fussiez-vous au pied de l'autel,
je romprais votre mariage ; je dis plus,
fussiez-vous marié, il ne me faudrait
qu'un mot pour le dissoudre. Cela
vous paraît extraordinaire, mais cela
n'en est pas moins. »

Après avoir pris ainsi ses précautions pour l'avenir, Véronica s'occupa
de suite des moyens d'effectuer sa
promesse envers celui qu'elle nommait
son fils. Dès le lendemain, affublée
en bohémienne, elle rôda autour de
l'habitation de madame Clarenville,
jusqu'à ce qu'elle eût arrêté un nègre,

auquel elle dit la bonne aventure.
Celui-ci, enchanté de cette rencontre,
voulait la mener à son *amie* ; mais la
vieille refusa sous divers prétextes,
s'informa du lieu où les nègres tra-
vaillaient, et convint du jour où elle
s'y rendrait vers le soir, pour prédire
l'avenir à tous les nègres qui seraient
curieux de l'entendre. Après lui avoir
recommandé le silence envers les
blancs, et lui avoir permis de mettre
tous ses camarades dans sa confidence,
elle le quitta pour aller informer son
aimable fils du succès de sa démarche.
On a vu comme celui-ci avait profité
du moment où sa *tendre* mère occupait tous les gens de la maison, pour
s'y insinuer, et comment il avait fait
et terminé sa seconde visite.

CHAPITRE X.

Un nouveau personnage.

Nous avons laissé la famille Clarenville dans l'épanchement de la joie que produit toujours le retour d'un père chéri et long-temps désiré. Après les premiers transports, madame Clarenville s'aperçut seulement alors que son époux n'était pas entré seul. Il était accompagné d'un beau jeune-homme qui se tenait modestement debout et les yeux baissés à l'entrée du sallon. Pour Elise, il y avait long-temps qu'elle l'avait aperçu, qu'elle le regardait furtivement et avec timidité ; vingt fois déjà elle avait ou-

vert la bouche pour l'inviter de s'asseoir, et vingt fois une crainte qu'elle
ne pouvait définir, avait fait expirer
la parole sur ses lèvres. Elle brûlait
de demander quel était ce beau jeune-
homme; mais elle n'osait, et elle attendait avec impatience qu'une occasion s'offrît pour satisfaire sa curiosité.
Madame de Clarenville lui fit donc
un véritable plaisir, lorsqu'ayant
aperçu ce jeune-homme debout, elle
se leva, le salua et le pria de prendre
un siége, qu'Elise courut bien vite lui
offrir. Puis se tournant vers son époux :
« Monsieur, dit-elle, est-il venu avec
toi, ou bien est-ce quelqu'un qui désire te parler ?

— Monsieur, répondit Clarenville,
a eu l'extrême bonté de se rendre à

mes supplications, de quitter la France
pour m'accompagner ici, où, si Dieu
exauce mes vœux, il restera toute sa
vie, se regardera comme étant au sein
de sa famille, d'une famille qui n'en
fera jamais assez pour s'acquitter envers lui de ce qu'elle lui doit; sans lui,
chère épouse, sans son courage, tu
n'aurais plus d'époux; sans lui, Elise,
tu n'aurais plus de père. »

Le jeune homme fit un mouvement
qui annonçait la contrainte où il se
trouvait; un vif incarnat venait de co-
lorer ses joues, il paraissait embarrassé,
ses yeux supplians semblaient demander grâce à celui qui faisait son éloge;
sa modestie souffrait. Monsieur Clarenville le comprit, il se leva, s'avança
vers lui, et, le prenant cordialement

par la main : « Charles, dit-il, pourquoi rougir d'un éloge aussi simple ?
Votre modestie doit-elle étouffer la
voix de ma reconnaissance ? Ne faut-
il pas que mon épouse et ma fille sa-
chent quels sont les liens qui nous
unissent ?

— Ah ! Monsieur, reprit Charles,
les yeux humectés de douces larmes,
que parlez-vous de reconnaissance !
C'est au hasard seul que vous devez
le léger service que j'ai eu le bonheur
de vous rendre ; mais c'est aux sentimens du cœur le plus noble, que je
dois l'assurance de pouvoir désormais
supporter moins péniblement le fardeau d'une vie qui m'était à charge !
S'il doit y avoir entre nous de la reconnaissance, c'est dans mon cœur

qu'elle doit trouver sa place, c'est à vous qu'elle est due !»

Ces mots furent prononcés avec une expression qu'il serait impossible de rendre ; l'âme de Charles (car c'est ainsi que nous le nommerons), semblait vouloir se montrer toute entière, avec les expressions de sa gratitude. Ses yeux, dont les paupières naguère baissées, annonçaient la tristesse et la timidité, ses yeux brillaient d'un feu extraordinaire, toute sa figure avait un charme irrésistible. Aussi Elise ne pouvant contenir ce qui se passait en elle, exprima toute sa pensée, par une exclamation qui remplit de surprise tous les assistans : « *Maman*, s'écria-t-elle avec la plus grande vivacité, *Maman; voilà le soleil qui se couche!* »

Monsieur Clarenville partit d'un bruyant éclat de rire, en disant : « Parbleu, ma bonne Elise, tu nous annonces-là un événement bien rare et surtout bien intéressant ! »

Madame Clarenville, surprise à l'excès de l'exclamation de sa fille, rougit pour elle, et la regarda d'un air de reproche et de sévérité qui ne lui était pas ordinaire. Charles seul parut n'y avoir fait aucune attention. Mais Elise s'était trop avancée pour rester en si beau chemin, et, plus piquée de la raillerie de son père, que du reproche tacite de sa mère : Certainement, papa, dit-elle, cela est plus intéressant que vous ne pouvez vous l'imaginer. Si vous saviez...

— Ma fille, dit madame Clarenville en l'interrompant brusquement,
si vous saviez vous-même observer les
usages de la simple civilité, vous sau-
riez que, devant des étrangers surtout, on n'interrompt pas une conversation sérieuse, pour parler de la
pluie ou du beau temps. »

Elise sentit sa faute : confuse et hu-
miliée d'avoir été grondée devant le
beau jeune homme, le rouge lui monta
à la figure, son cœur se gonfla et elle
sortit précipitamment pour cacher ses
larmes qui commençaient à couler
malgré elle. Et quel si grand crime
avait-elle donc commis, pour en être
si honteuse, et pour avoir attiré sur
elle la sévérité d'une mère qui la traitait toujours avec tant de douceur, et

qui dans toute autre occasion lui montrait tant de faiblesse ? Interrompre une conversation pour dire : *voilà le soleil qui se couche*, n'était qu'une étourderie bien pardonnable à une jeune personne de l'âge d'Elise ; mais cette phrase si simple en apparence, renfermait un sens mystérieux qui effraya vivement madame Clarenville. Elle n'avait pas oublié la prédiction de la vieille ; l'apparition de l'étranger *importun* avant le premier coucher du soleil, avait rempli d'effroi le cœur d'Elise : elle tremblait que ce fût là l'époux qui lui était prédit ; mais sa joie en voyant l'étranger *aimable* avant le coucher du second soleil, fit sur-le-champ comprendre à sa mère que le beau jeune homme était loin de lui inspirer la même terreur, et il était facile de traduire ces mots : *voilà le soleil qui se couche*, par cette autre phrase : « voilà l'époux que la vieille m'a annoncé ; voilà l'homme que je désire. » Monsieur Clarenville, qui n'avait vu qu'un enfantillage de la part de sa fille, là où son épouse, mieux instruite des circonstances, avait vu l'annonce d'un avenir plus sûr que l'oracle de la vieille, M. Clarenville, dis-je, reprocha doucement à sa femme d'avoir chagriné Elise pour une faute de si peu d'importance, et d'avoir obscurci par des larmes les premiers instans de son arrivée, qui devaient être entièrement consacrés à la joie. Il allait lui demander les motifs d'une sévérité qui n'était pas dans son carac-

tère , et mettre par-là son épouse dans
une position embarrassante, car elle
ne devait ni ne pouvait exprimer ses
craintes , surtout devant Charles, qui
en était l'objet , lorsqu'Elise , avec la
plus aimable gaîté , rentra en sautil-
lant, et précédant les gens de M. Clarenville, qui apportaient des malles
et différentes caisses que l'on venait
de débarquer. C'étaient des objets
d'Europe : il y avait sans doute là-dedans quelques objets de parure ou de
curiosité pour Elise ; il n'en fallait pas
tant pour lui faire oublier son petit
chagrin, et lui rendre toute la gaîté
de son caractère. Aussi ne fut-il plus
question de ce qui venait de se passer ;
Elise ne pensait plus qu'aux objets
renfermés dans les caisses qu'on venait

d'apporter ; elle voulait qu'on les ou-
vrît, qu'on les visitât sur-le-champ ;
mais l'heure était trop avancée ; son
père lui fit observer avec douceur
qu'il avait besoin de repos ainsi que
son compagnon de voyage ; et pour
prouver qu'elle était plus raisonnable
qu'on ne le croyait, elle se résigna
d'assez bonne grâce à attendre jusqu'au
lendemain pour satisfaire sa curiosité.

On s'occupa de préparer un appartement pour Charles, et M. Clarenville lui-même le conduisit dans une
chambre très-propre, mais simple-
ment meublée, dans laquelle il avait
déjà fait transporter ses malles.

« Vous êtes ici chez vous, lui dit-il en
entrant. J'espère que vous avez suivi
mon conseil, et que vous n'avez pas

débarqué avec vous votre mélancolie.
Tout le monde ici unira ses efforts
aux miens pour vous faire perdre le
souvenir de vos peines. Il faut que
vous en ayez essuyé de bien grandes,
pour avoir laissé dans votre jeune cœur
des traces aussi profondes de tristesse.
Je ne les connais pas vos peines, je respecte votre secret, je ne chercherai
jamais à le pénétrer, puisque c'est à
cette condition seulement que vous
avez consenti à m'accompagner; mais
vous êtes loin du climat où vous avez
souffert : oubliez tout souvenir désa-
gréable; oubliez le passé, vivez pour
l'avenir; pendant une longue traversée, j'ai su vous apprécier; vous avez
de la force, du courage, des talens
aimables, des connaissances utiles, et,

ce qui vaut encore mieux, un noble caractère. Ici vous cultiverez ces talens, vous m'aiderez de vos connaissances, et votre sort sera tel, que vous n'aurez rien à regretter, rien à désirer. Bonne nuit, mon ami, dormez bien, et reposez-vous tant que vous voudrez, j'en ferai autant de mon côté pendant quelques jours.... A propos! on a laissé ce *forte-piano* dans votre chambre, je suppose qu'il ne vous gênera pas? Si cela était pourtant, je donnerais des ordres pour le faire ôter.

— Un *forte-piano!* loin de me gêner, il me fera grand plaisir, si vous daignez me permettre de m'en servir de temps en temps.

— Vous en touchez! ah tant mieux! 'en suis ravi. C'est un instrument ex-

cellent que j'avais fait venir d'Europe
pour ma fille; elle en raffolait dans le
commencement; mais bientôt la musique est restée là comme bien d'autres
choses. Vous apprendrez tout cela ,
car j'ai mes petits chagrins aussi, moi.

Ils se séparèrent, et bientôt toute
la famille oublia, dans les charmes d'un
sommeil réparateur, et les peines de
l'absence, et les fatigues du voyage,
et les chagrins passés, et les inquiétudes de l'avenir.

~~~~~~

CHAPITRE XI.

Le concert matinal.

QUEL était donc cet intéressant jeune homme que M. Clarenville etablissait au sein de sa famille, qu'il traitait avec tant d'amitié, et auquel il déclarait avoir de si grandes obligations? Voilà ce que madame Clarenville, mais surtout Elise brûlaient de savoir, et le lecteur partage sans doute l'impatience de ces deux Dames. Mais M. Clarenville, soit besoin réel, soit par tout autre motif, se coucha sans entrer dans aucune explication; et moi, je déclare au lecteur qu'il ne sera instruit sur le compte de Charles,

que quand la curiosité de ces dames
sera satisfaite. Indépendamment de la
préférence que l'on doit et que je me
fais toujours un plaisir d'accorder au
beau sexe, j'ai, comme historien, pour
garder le silence, des motifs que vous
n'avez pas besoin de connaître. Qu'il
vous suffise, pour le moment, de savoir que Charles paraît avoir vingt-
deux ou vingt-trois ans; mais il a l'air
sérieux et réfléchi d'un homme de
quarante. Sa taille est noble et ma-
jestueuse; ses cheveux, du plus beau
noir, tombent en boucles ondoyantes
autour de ses épaules, et font ressortir
la blancheur de son teint. Sa figure est
un peu pâle, ses yeux souvent baissés
lui donnent un air languissant; mais
quand il est animé par quelque senti-

ment un peu vif, ses joues pâles se
colorent subitement du plus vif incarnat, ses yeux deviennent étincellans,
on n'en saurait supporter les regards,
il semble qu'il en jaillisse des éclairs.
Sa bouche porte l'empreinte de la
bonté; toute sa physionomie a le caractère de la probité; mais on y voit
une teinte continuelle de mélancolie,
une longue habitude de la tristesse;
quand il est absorbé dans quelques-
unes de ces pensées qui l'attristent,
ou occupé de quelque souvenir douloureux, alors il est impossible de
l'envisager sans être attendri, sans
se sentir l'envie de le consoler ou de
pleurer avec lui. Mais quand un sourire, à peine visible, vient se placer
ur ses lèvres, oh! alors, il semble

qu'on vienne d'obtenir la plus précieuse faveur, cela fait un bien ! Mais ces lueurs de sérénité sont aussi courtes qu'elles sont rares : Charles semble se les reprocher ; à peine a-t-il souri, qu'un profond soupir s'échappe du fond de son cœur : quelquefois il tressaille, comme s'il était effrayé de l'éclair de plaisir qui est venu le surprendre. Quand il parle, sa voix est si touchante, qu'elle pénètre jusqu'au fond des cœurs. Un rien excite sa reconnaissance ; le plus léger service, la moindre prévenance semblent l'étonner et l'attendrir : il lui semble qu'il se doive tout entier à tout le monde, et que personne ne lui doive rien. En un mot, c'est, sous la figure la plus heureuse, l'image déchirante du

malheur ; c'est la modestie la plus
humble, la plus profonde, avec les
plus rares talens de l'esprit et les plus
belles qualités du cœur. Voilà Charles,
voilà tout ce qu'il vous est possible de
connaître de lui pour le moment; et
j'avertis les lecteurs qui se piquent de
pénétration, que la leur court ici grand
risque de se trouver en défaut dans
toutes les conjectures qu'ils pourront
faire. Après ce petit avis, je continue
ma narration.

Dans les premiers transports de la
joie, et les petits événemens qui avaient
suivi le retour de M. Clarenville, son
épouse et sa fille s'étaient à peine
aperçues qu'il était en deuil, ou si elles
l'avaient remarqué, leur attention
avait été détournée par d'autres ob-

jets. Ce ne fut que lorsque Charles fut retiré dans sa chambre, que madame Clarenville témoigna à son époux sa surprise sur ses vêtemens de deuil, et se hasarda à lui en demander la cause. A cette question imprévue, M. Clarenville poussa un profond soupir, serra tendrement la main de son épouse; et, se détournant pour lui dérober une larme. « Ma chère amie, dit-il, il est trop tard pour entamer un récit aussi long que douloureux, je ne veux pas troubler ton sommeil par les images lugubres que.... Non, ne me demande rien aujourd'hui; demain tu sauras tout. »

Madame Clarenville, entièrement soumise aux volontés de son époux, n'insista pas davantage. Elise n'était

pas d'un caractère à se soumettre aussi
facilement : jusque-là tout avait plié
à ses volontés, elle n'avait jamais
éprouvé la moindre contradiction ;
mais dans ce moment un autre objet
occupait entièrement sa pensée, et
elle n'était pas fâchée de se retirer et
de se trouver seule, pour se livrer sans
contrainte aux idées qui se succédaient
en foule dans son imagination. Le
beau jeune homme Charles lui inspirait bien plus de curiosité que la
cause du deuil de son père ; toute la
nuit elle ne songea qu'à lui ; elle ne
rêva qu'à la prédiction de la Bohémienne. « Certainement, pensait-elle,
je n'ajoute aucune foi à ses oracles ;
mais si pourtant il y avait quelque
chose de fondé dans ce qu'elle a dit, ce

serait plutôt ce beau jeune homme
que je regarderais comme mon futur
époux, que ce vilain homme aux yeux
si faux. »

On croira peut-être que la pauvre
Elise est devenue subitement amou-
reuse de Charles; qu'on se détrompe,
ce qu'elle ressent n'est pas encore de
l'amour. Forcée par une superstition
qu'elle ne s'avoue pas à elle-même,
de comparer entr'eux les deux hommes
qui se sont présentés à ses yeux, dans
l'espace de temps annoncé par la
vieille, l'un des deux doit naturelle-
ment avoir la préférence sur l'autre,
dans la supposition que l'un des deux
doive un jour la toucher de plus près;
mais ce n'est qu'une supposition, car
Elise se le dit sans cesse à elle-même;

elle dit : j'aimerais mieux celui-ci que celui-là ; cela ne veut pas dire qu'elle l'aime. D'ailleurs, l'innocente Elise ne sait pas ce que c'est que l'amour ; elle ignore même ce que c'est que le mariage, nous aurons par la suite l'occasion de nous en convaincre.

Quoi qu'il en fût, car je ne veux répondre de rien, toujours est-il vrai qu'Elise passa une nuit très-agitée. Le jour commençait à peine à éclairer sa chambre, elle s'habilla légèrement et sortit dans l'intention de jouir de la fraîcheur du matin ; elle voulait faire une course au loin avant l'instant du déjeûner ; mais je ne sais comment cela se fit ; elle ne put s'éloigner de la maison ; et après en avoir fait deux ou trois fois le tour ; elle alla s'asseoir à l'ombre parfumée d'un bosquet de citronniers qui se trouvait précisément en face des fenêtres de la chambre où l'on avait logé le beau jeune homme. Je suis bien persuadé qu'elle s'était placée là sans dessein ; mais ce qu'il y a de certain, c'est qu'une fois qu'elle s'y fut assise, elle ne songea plus à s'éloigner. Elle était plongée dans une douce rêverie, quand elle en fut tirée tout à coup par les sons les plus harmonieux qu'elle eût jamais entendus. Délicieusement surprise, elle écoute, elle examine, tâche de découvrir de quel lieu vient cette musique enchanteresse, et bientôt elle n'en peut plus douter, elle part de la chambre de Charles, c'est lui qui touche de ce *forté-piano* qu'elle a depuis si long-

temps abandonné. Elle retiendrait vo-
lontiers son haleine, pour ne pas perdre un son ; mais ce fut bien autre
chose, quand elle entendit Charles
lui-même marier aux sons de son
instrument les accords de la voix la
plus touchante que l'on puisse imaginer ! Il chanta une romance si plain-
tive, l'air et les paroles étaient si
tristes, que malgré le plaisir qu'elle
éprouvait, Elise sentit bientôt ses larmes humecter ses paupières. C'était
l'expression déchirante d'un infortuné
qui se plaint de son sort, sans oser le
révéler ; les plaintes respectueuses d'un
fils contre un père qu'il respecte et
qu'il n'ose nommer. Tout cela avait
un ton si mystérieux, une teinte si
mélancolique, que toute autre à la

place d'Elise en aurait été également
pénétrée. La musique et la voix se
turent : Elise écouta encore long-
temps ; mais elle n'entendit plus rien.
Alors elle se leva et s'éloigna lentement, en jetant de temps en temps
ses regards sur les fenêtres d'où elle
avait entendu des accords si touchans.
Lorsqu'enfin elle eut perdu l'espérance
d'en entendre davantage, elle doubla
le pas, et se hâta de rentrer, dans l'impatience qu'elle avait de faire part à
ses parens de l'agréable découverte
que lui avait procuré sa promenade
du matin.

~~~~~~~~~~~~~~~~~~~~~~~~~~~~~~~~~~~~

CHAPITRE XII.

Le Libérateur.

Monsieur et Madame Clarenville se réunissaient dans le salon au moment où Elise entra. Ses yeux encore humides, son air agité surprirent sa mère, qui, d'un air inquiet, lui demanda ce qu'elle avait.

« Ah maman ! ah papa ! dit-elle d'une voix émue, si vous saviez ce que je viens d'entendre ! On ne peut rien se figurer de semblable !

— Tu me fais frémir ! Te serait-il arrivé quelque malheur ? Parle donc ?

— Donnez-moi donc le temps de

respirer, car je suis encore toute
émue. Ah ce jeune homme! cet étranger ! Comme il touche du forté!
comme il chante! C'est bien dommage que cela soit si triste ; il m'a
fait pleurer.

— Où l'as-tu donc entendu ? dit
madame Clarenville, d'un air inquiet. »

Elise raconta sa promenade du
matin, le hasard qui l'avait fait s'asseoir sous les fenêtres de Charles,
et l'étonnement et le plaisir qu'elle
avait éprouvés en l'entendant jouer
et chanter.

« Et si tu l'entendais jouer de la
flûte, dit son père, tu serais encore
plus contente ; il nous charmait tous
dans le vaisseau avec son instru-

ment ; quand il en jouait sur le tillac, je crois, ma foi, que tous les
poissons se rangeaient autour de
notre bâtiment pour avoir le plaisir
de l'entendre. Mais ce n'est rien que
cela ; il sait le grec, le latin, l'alle-
mand, l'anglais, l'italien, il peint et
dessine comme un dieu ; il se bat
comme un diable. Mathématiques,
physique, histoire naturelle, astro-
nomie, rien ne lui est étranger. Et
avec cela d'une douceur, d'une hu-
milité, d'une modestie qu'il pousse
quelquefois jusqu'au ridicule ; car enfin, il faut bien qu'un homme sache
ce qu'il vaut. C'est un vrai prodige
que je vous ai amené.

— Oh moi d'abord, dit étourdî-
ment Elise, du premier coup d'œil je

me suis dit : Voila un homme comme
il faut! Ses parens sont sans doute....»

M. Clarenville interrompit sa fille
d'un air très-sérieux : « Silence , dit-il ,
qu'il ne soit jamais , entre nous ni
avec lui, question de ses parens , c'est
un article sacré de la convention que
nous avons faite ensemble , j'en ai
donné ma parole pour vous et pour
moi. »

Ici Domingo entra pour annoncer
que le monsieur Charles présentait
ses excuses à M. Clarenville et à ces
dames ; qu'il demandait la permis-
sion de ne pas paraître ce jour-là ,
pour des raisons que...

« Je n'ai pas besoin d'entendre ses
raisons, interrompit M. Clarenville ,
il n'a pas besoin d'excuses : il est

libre, parfaitement libre; et nous nous ferons tous un plaisir de nous rendre à ses moindres vœux. »

Domingo sortit. « Comment, nous ne le verrons pas aujourd'hui, dit Elise; vraiment, c'est grand dommage.

— Cela s'arrange au contraire pour le mieux, répondit sèchement madame Clarenville ; il a eu la délicatesse de sentir que nous avons mille choses à nous dire qui repoussent la présence d'un tiers. Au moins ton père pourra nous apprendre sans contrainte deux choses que je brûle de savoir depuis hier ; d'abord pourquoi il porte le deuil, et ensuite quand et comment il a fait la rencontre de cet étranger, auquel il porte un si grand intérêt.

— Chère épouse, tu seras satisfaite; mais comme ton cœur sera dé-
chiré par le récit douloureux que je
vais te faire ! Tu verseras des larmes
bien amères sur la perte que j'ai faite ;
tu frémiras d'horreur et d'effroi en
apprenant les dangers épouvantables
qui ont menacé ton époux. Mais il
faut bien que je remplisse cette pénible tâche : rassemble toutes les
forces de ton âme ; mais si le courage t'abandonnait, si le chagrin et
la terreur t'agitaient trop violem-
ment, songe qu'il serait déraisonnable
de s'affliger outre mesure sur une
perte irréparable, et de trop s'effrayer sur des dangers qui sont passés.
Songe que si le Ciel nous a éprouvés
par des malheurs sans exemples, il

nous a laissé encore assez de bonheur, dans l'avenir, pour ne pas
murmurer sur la sévérité de ses ar-
rêts ; songe que si nous avons perdu
des êtres chéris, il nous reste encore,
pour nous consoler, à toi un époux
et une fille qui vivent pour t'aimer,
et à moi une épouse et une enfant
qui me chérissent et que j'idolâtre. »

A ces mots, la mère et la fille se
précipitèrent spontanément dans les
bras de M. Clarenville, qui, de son
côté, les enlaçant dans les siens, les
couvrait tour à tour de baisers, et
confondait ses larmes de tendresse
avec celles dont elles inondaient son
visage.

« Ah! dit-il, un moment comme
celui-ci ne suffit-il pas pour faire ou-

blier un siècle de peines! Non, tant
que l'homme trouve sur la terre un
cœur pour l'aimer, il ne peut jamais
être entièrement malheureux! »

Ce mouvement de sensibilité s'é-
tant un peu calmé, on s'assit et on
se prépara à entendre le récit de
M. Clarenville. Il commença par l'instant où il s'était arraché des bras de
son épouse et de sa fille pour s'em-
barquer. Il leur fit la peinture des
sentimens qui l'avaient agité pendant toute la traversée, avec quel
ravissement il songeait au moment
où il se retrouverait dans les bras
d'un bon frère qu'il n'avait pas vu
depuis si long-temps; il raconta l'impatience qu'il avait eue en se voyant
retenu, pendant quelques jours, pour

ses affaires à Nantes ; le plaisir qu'il
se promettait lorsqu'il se mit en marche pour aller surprendre Robert à
sa campagne. Mais quand il vint au
moment fatal où il l'avait trouvé na-
geant dans son sang, il lui fut impossible de continuer ; son épouse et
sa fille éclatèrent en sanglots : il y
mêla les siens, confondit ses larmes
avec les leurs, et pendant long-temps
ils gardèrent tous trois un profond silence qui n'était interrompu que par
des soupirs. Mais ce fut bien pis lorsqu'ayant repris le fil de sa narration,
il fut obligé de leur raconter comment
il avait été saisi comme l'auteur du
meurtre de son frère, jeté dans un
cachot fétide, chargé de fers et d'i-
gnominie, menacé de la torture,

d'une condamnation injuste et infâ-
mante. Il n'oublia pas cette voix
menaçante et mystérieuse qu'il avait
entendue dans la salle même du tri-
bunal ; l'effroi, la terreur étaient
visibles sur le visage de madame Clarenville et d'Elise ; elles ne respirèrent
librement qu'au moment où M. Cla-
ville mit fin à leurs angoisses en rap-
portant l'arrêt qui avait reconnu son
innocence. Nous allons maintenant le
laisser parler.

« Il est facile de s'imaginer de quel
poids je me sentis soulagé, dit-il, lorsque j'entendis proclamer mon innocence. Je recueillis toutes mes forces,
que je sentais prêtes à m'abandonner,
pour adresser la parole à mes juges.
Après les avoir remerciés, en peu de

mots, de l'arrêt équitable qu'ils venaient de prononcer : Messieurs, leur
dis-je, si cet arrêt suffit pour me rendre
à la vie et à la liberté, il est insuffisant
pour mon honneur : il faut que ma réputation soit à l'abri du plus léger
soupçon. Mon malheureux frère a été
inhumainement assassiné, son meurtrier est connu ; et il est libre ! Il me
l'a nommé en mourant, c'est Philippe,
son domestique ! L'assassin respire,
non-seulement il vit, mais il ose encore menacer ! Non, ce n'est pas une
illusion de mes sens, son horrible voix
s'est fait entendre à mon oreille, et
près du cadavre sanglant de mon
frère, et tout-à-l'heure encore, dans
le sanctuaire même des lois ! Absous
d'une monstrueuse accusation, je vous

conjure, Messieurs, de ne rien négli-
ger pour mettre le meurtrier sous le
glaive de la justice ; le sang de mon
frère demande vengeance, je la réclame au nom de la nature, de l'honneur et de l'équité. »

« Clarenville, répondit le président, la justice n'a pas besoin d'être
sollicitée, son glaive tôt ou tard atteint le meurtrier : en vain il se cache
dans l'ombre ; soyez persuadé qu'il
n'échappera pas, et que rien ne sera
négligé pour venger, et le sang ré-
pandu et l'outrage fait à la société. »

Dès que je me vis en liberté, mon
premier soin fut de rendre les derniers
devoirs à mon infortuné Robert. Je
n'ai pas besoin de vous dire que ses
funérailles furent proportionnées à

l'amitié que j'avais toujours eue pour lui : rien ne fut épargné , et cette cérémonie funèbre renouvela tellement toutes mes douleurs, que pendant plusieurs jours, je fus incapable de faire la moindre démarche, et de me livrer à la plus petite occupation. Cependant, lorsque je me sentis un peu plus calme, je m'occupai sérieusement, par intérêt pour ma chère Elise, de découvrir le testament de Robert ; mais en vain je m'adressai à tous les notaires de Nantes, aucun n'en avait connaissance; en vain, assisté des officiers de justice, je fis toutes les perquisitions possibles dans ses maisons de ville et de campagne, nous ne trouvâmes point de testament. Je ne négligeais non plus aucun des moyens

qui pouvaient servir à découvrir l'assassin de mon frère ; mais je n'a-
vais que des renseignemens vagues à
donner ; personne, à Nantes, n'avait
connu de domestique, du nom de Philippe, au service de Robert : il n'avait
pas quitté la maison de campagne, et
le jardinier, le seul qui le connût, varia
tellement dans les détails de son signa-
lement, qu'il n'était guère facile de
reconnaître cet homme d'après la des-
cription qu'il nous en donna. C'était,
nous disait-il, un homme ni trop grand,
ni trop petit, ni gras, ni maigre, qui
avait des cheveux bruns ou blonds,
des yeux bleus ou noirs, car il ne l'a-
vait jamais bien examiné en face, at-
tendu qu'il ne *frayait* pas avec les autres domestiques. Enfin, cet homme

était d'une si grande simplicité, et
tout ce que nous en pûmes tirer était
si vague, que je désespérai qu'on en
pût tirer parti.

« Je m'étais logé à l'auberge, et j'a-
vais refusé l'hospitalité qui m'avait été
offerte par plusieurs de mes corres-
pondans. Un soir, après avoir fait encore plusieurs démarches inutiles pour
tâcher de découvrir les traces du meurtrier, on me remit un billet d'une écriture inconnue, et dont la lecture me
frappa de surprise et d'épouvante ;
jugez-en vous-même, le voici :

« *Vieux coquin !*

« Le brave Philippe que tu as dé-
« noncé et que tu fais poursuivre sans
« cesse, se moque de toi ; il est hors

« d'atteinte. Mais comme c'est mon ami,
« quiconque cherche à lui nuire, doit
« s'attendre à périr de mes mains. Je te
« l'ai déjà dit dans le cabinet de ton
« frère et à l'audience, je te le répète
« ici pour la troisième et dernière fois,
« afin que tu fasses ton testament et que
« tu recommandes ton âme à Dieu. »

« Point de signature ! Malgré les
menaces contenues dans cet infernal
billet, je n'eus rien de plus pressé le
lendemain matin que d'aller le porter
à la justice, l'écriture pouvant servir
à mettre sur les traces de son auteur.
Les gens de l'auberge furent aussitôt
interrogés pour savoir quel avait été
le porteur de ce message : c'était un
commissionnaire qui l'avait jeté sur
la table de cuisine, et avait disparu

sans qu'on fît la moindre attention à
lui.

« Cependant, en réfléchissant sur le
danger qui me menaçait, je compris
qu'il y aurait plus que de l'imprudence
de ma part à faire un plus long séjour
à Nantes. D'un instant à l'autre, je
pouvais tomber sous les coups d'un
lâche assassin, et je frémissais d'a-
vance en songeant au désespoir et à la
douleur de mon épouse et de ma fille.
En conséquence, je mis promptement
mes affaires en règle, et je fis secrètement tous les préparatifs de mon départ. Tout fut bientôt prêt, tous mes
effets, toutes mes marchandises avaient
été portés à bord, et je devais m'em-
barquer moi-même la nuit suivante
et mettre de suite à la voile.

« L'heure que j'avais fixée pour mon départ étant arrivée, je partis seul, et je traversais une rue déserte pour sortir de la ville, lorsqu'un homme s'approchant de moi, me demanda d'un ton assez humble *si je n'é- tais pas M. Clarenville*. Une semblable rencontre dans un tel quartier et à une heure aussi avancée de la nuit, me causa d'abord quelque trouble; mais je me remis bientôt, et pensai que c'était quelque commissionnaire, ou toute autre personne chargée de quelque message pour moi. Je lui répondis qu'il ne se trompait pas. J'avais à peine achevé ce peu de mots, que l'individu qui m'avait adressé la parole, donne un léger coup de sifflet, et au même instant trois autres co-

de toutes mes forces. C'en était fait de
moi, je vis un des brigands tirer un
pistolet de sa ceinture ; mais au moment où il se préparait à m'ajuster,
l'arme tombe de ses mains. Un jeune
homme, un lion pour le courage, était
accouru à mes cris ; armé seulement
d'un bâton noueux, il frappe à droite
et à gauche avec tant d'adresse et de
vigueur, qu'à chaque coup il met un
brigand hors de combat. L'un d'eux,
revenu de sa première stupeur, s'a-
vançait sur moi, un poignard à la
main, il allait m'en percer ; le jeune
homme s'en aperçoit, d'un coup de
bâton, appliqué sur le poignet, fait
sauter son arme, s'en empare avec la
rapidité de l'éclair, et plonge le fer
tout entier dans le sein d'un autre bri-

gand qui se disposait à m'immoler.
L'assassin tombe baigné dans son sang,
et rend le dernier soupir. Aussitôt les
trois autres, effrayés de la mort de
leurs camarades, et ne pouvant en aucune manière se défendre contre les
coups de bâton qui tombaient sur eux
comme la grêle, cherchent leur salut
dans la vitesse de leurs jambes. Ils se
sauvent, disparaissent, et me laissent
enfin seul avec mon libérateur.

~~~~~~~~~~~~~~~~~~~~~~~~~~~~~~~~~~~~~~~

CHAPITRE XIII.

Qui n'éclaircit rien.

« J'avais été forcé de rester spectateur oisif du combat qui se livrait pour moi, je n'avais pu être d'aucun secours à ce brave jeune homme, car je vous ai dit que mes mains étaient garottées. Le premier soin de mon libérateur, lorsqu'il vit mes persécuteurs en fuite, fut de couper mes liens avec le même fer dont il avait tranché les jours du brigand, dont le cadavre était étendu à nos pieds. Je me jetai à son cou, et lui demandai s'il n'était point blessé. » Non, Monsieur, me répondit-il ? Mais ne nous occupons que de vous. Où voulez-vous que je vous conduise, car je veux achever ce que j'ai si heureusement commencé, et ne vous quitter que lorsque je serai assuré que vous n'avez plus rien à craindre.

— Quand j'ai été attaqué, j'allais au port, où mon bâtiment n'attend plus que moi pour mettre à la voile. Mais je m'aperçois qu'ils m'ont entraîné du côté opposé. Cependant il faut nous éloigner d'ici : voilà un homme mort ; et, quoiqu'il ait été tué pour une défense légitime, la justice pourrait nous faire un mauvais parti : je suis assez payé pour la craindre, quoiqu'innocent. Ah ! j'ai encore devant les yeux la torture et l'aspect du bourreau !

— Du bourreau ! grand Dieu ! quel nom avez-vous prononcé.

— Mon jeune ami, car je ne puis plus désormais vous donner d'autre titre, ce nom de bourreau vous fait frémir, il vous inspire autant d'horreur qu'à moi : auriez-vous été comme moi la victime innocente de l'aveugle justice des hommes ? Je vous plains, car je sais ce qu'il en coûte ! »

Tout en parlant, nous nous éloignions de ce lieu funeste, et nous marchions, pour ainsi dire, sans savoir où nous allions. Le jeune homme me répondit, en poussant un profond soupir :

« Si j'ai été la victime des hommes ! Oh ! oui, ils m'ont fait un mal qui ne finira qu'avec ma vie. Dieu puissant ! Tu sais si je le mérite !

— Quand on expose sa vie avec
tant de courage pour défendre un
opprimé, on doit nécessairement avoir
un cœur vertueux ; votre figure, autant
que j'en peux juger aux faibles rayons
de la lune qui nous éclaire, votre
figure porte l'empreinte d'une profonde mélancolie, qui n'est pas naturelle à votre âge ; mais on y voit
aussi les caractères d'une âme honnête : non, une telle physionomie ne
peut tromper. Je vous dois la vie, et
je voudrais connaître la cause de vos
chagrins, pour les calmer, pour vous
consoler et tâcher de m'acquitter ainsi
envers vous d'une partie de mes obligations.

— Voilà justement un des traits les
plus cruels de mon horrible situation !

Je suis dévoué au malheur, et je ne
puis faire à aucun mortel la confidence des maux qui m'accablent. Je
n'ai pas l'ombre d'un reproche à me
faire : ma vie, mon âme sont aussi
pures que l'air que nous respirons
dans ce moment; et cependant....
Ah ! Monsieur, souffrez que je vous
quitte ; vous m'inspirez trop de confiance ; je crains de laisser échapper un
secret qui vous ferait regarder avec
horreur celui qui emportera du moins
votre estime, et qui est si jaloux de la
conserver. Nous voilà près du port,
permettez-moi de vous quitter.

— Non, vous ne me quitterez pas
ainsi. Vous m'inspirez je ne sais quel
intérêt plus fort que la reconnaissance.
Quelque pressé que je sois de retour-

ner à Saint-Domingue, je retarderai
mon départ, s'il le faut, pour jouir
plus long-temps de votre présence.

— Vous allez à Saint-Domingue ?
Ah! que ne m'est-il permis d'en dire
autant, et de mettre aussi l'immensité
des mers entre moi et un pays qui
m'inspire à chaque pas de si vives sol-
licitudes!

— Quel espoir me donnez-vous ?
Parlez! seriez-vous disposé à quitter
la France, à m'accompagner, à unir
votre sort au mien? que je serais heureux!

— Homme généreux! si vous saviez
quel est celui à qui vous faites une
offre aussi obligeante!.... Non, non, je
ne puis l'accepter!

— Ah! s'il est en votre pouvoir de

le faire, je vous en conjure au nom
de l'intérêt que vous m'inspirez, ne
me refusez pas ! S'il est des obstacles à
lever, je les leverai. Avez-vous des
parens à qui vous craigniez de déplaire, dites-moi où ils sont, j'irai les
voir, je les fléchirai, j'en suis sûr.

— Voir mes parens ! Vous, Mon-
sieur ! Juste Ciel ! Ah ! si vous saviez....
Et je ne puis m'expliquer ! Vos questions me tuent ! Non, je ne puis vous
suivre !

— Pardon, ah ! pardon, si j'ai mis
le doigt involontairement dans votre
blessure ; n'attribuez mon indiscrétion
qu'à mon zèle pour vous servir. Je ne
vous ferai plus qu'une seule question ;
celle-ci du moins ne pourra vous
alarmer. Dites, êtes-vous libre de vos

actions, dépend-il de vous de quitter
ces climats, si vous en aviez la volonté ?

— Oui, je puis aller où je voudrai,
je suis le seul arbitre de mon sort, je
puis aller d'un bout du monde à l'autre,
sans que personne s'inquiète de moi.
Je ne crains que la curiosité et l'im-
portunité des hommes.

— Eh bien ! vous me suivrez donc.
Il ne vous reste aucun motif pour me
refuser ; point d'inquiétude sur les
moyens de pourvoir à vos besoins :
j'ai de la fortune, et ma bourse sera
toujours la vôtre. Je respecterai votre
secret, j'oublîrai même que vous en
avez un pour moi ; je ne veux voir en
vous que mon libérateur, mon ami,
mon fils.

— Vous l'emportez ! Mon désir le

plus ardent était de quitter la France ;
nulle part je ne trouverai le bonheur,
je le sais ; mais je puis espérer un peu
de repos : que je sois inconnu, voilà
tout ce que je demande. Si vous vous
contentez de ne voir en moi que
Charles, sans vous inquiéter d'où je
viens, qui je suis ; si les sentimens de
vertus qui sont gravés dans mon cœur,
quelques talens que je brûle de consa-
crer à votre service, peuvent me faire
trouver grâce à vos yeux pour ce qu'il
peut y avoir de mystérieux, de sus-
pect même dans le reste de ma personne, je vous suis au bout de l'uni-
vers. Mais c'est à une condition : c'est
que vous me ferez une promesse so-
lennelle et inviolable, et pour vous
et pour votre famille, que jamais vous

ne chercherez à pénétrer la cause de ma douleur : de mon côté, je vous jure encore une fois que mon âme est pure, qu'elle le sera toujours, et que ma vie entière sera consacrée à vous prouver que je suis digne de toute votre estime.

— Je le jure à la face du Ciel, votre secret sera respecté, nulle question indiscrète ne viendra vous rappeler des souvenirs qui paraissent si douloureux. Si par la suite des temps vous me jugez digne de votre confiance, vous m'ouvrirez votre cœur, je recevrai vos confidences avec ravissement ; mais je ne les chercherai pas. Mais j'aperçois la chaloupe qui m'attend ; vous avez sûrement quelques effets à transporter à bord : si vous en avez dont la privation vous affligerait, je

vais donner des ordres pour qu'on
nous attende, et qu'on vous aide à les
transporter; si, au contraire, vous
n'avez que des choses qu'on puisse
remplacer avec de l'argent, laissez
tout cela : linge, vêtemens, argent,
j'ai tout ce qu'il vous faut. Je vous
avoue que les pieds me brûlent sur
cette terre, où l'on peut nous arrêter,
nous charger de fers, pour avoir purgé
le monde d'un scélérat, d'un assassin.

— Partons, partons ! je n'ai rien,
absolument rien à regretter; je porte
sur moi l'objet le plus précieux, c'est
ma flûte.

Nous entrâmes dans la chaloupe, et
le lendemain nous étions en pleine
mer. Il semblait qu'en nous éloignant
des côtes, Charles reprît une nouvelle

vie ; la gaîté ne parut pas sur son visage, il est vrai : l'empreinte de la
mélancolie y était trop profonde pour
qu'elle pût s'effacer aussi promptement ; mais il soupirait moins ; ses
distractions n'étaient pas aussi fréquentes, et quelquefois un léger sourire venait se placer sur ses lèvres.
Quelquefois, assis sur le tillac, il charmait l'ennui de la navigation par les
sons touchans qu'il tirait de sa flûte ;
les matelots suspendaient leurs travaux pour l'entendre. Je l'avais présenté à l'équipage comme un de mes
parens éloignés, et qui était resté or-
phelin en bas âge ; et bientôt sa conduite et son courage le firent estimer
et chérir de tout le monde. Ce qui
acheva surtout de le mettre en grande

réputation parmi les matelots et les
passagers, ce fut l'intrépidité qu'il eut
de se précipiter à la mer pour en retirer un pauvre mousse qui y était
tombé, et qui allait infailliblement
périr sans lui. Cette action lui paraissait si simple, qu'il était étonné lui-
même qu'on pût la louer comme un
fait extraordinaire. J'eus bientôt lieu
de m'applaudir de l'acquisition que
j'avais faite. Dans les longs entretiens
que nous eûmes ensemble pendant la
traversée, j'admirai la justesse de son
esprit, l'étendue de ses connaissances.
Oh ! il faut certainement que ce jeune
homme, à en juger par son éducation
et par la noblesse de ses sentimens,
appartienne à d'illustres ou au moins
à de riches parens. Mais fût-il né dans

la condition la plus obscure, il n'en serait pas moins digne de toute mon amitié, de toute mon estime. Voilà tout ce que je peux vous dire sur son compte; il ne me reste plus qu'à vous supplier de garder religieusement le serment que j'ai fait pour vous, d'étouffer tout sentiment de curiosité : ne voyez en lui que le libérateur d'un époux et d'un père; qu'il soit pour nous tous *Charles*, et rien de plus; et gardez-vous bien de lui faire jamais la moindre question indiscrète : il nous fuirait, j'en suis sûr, et j'en serais désespéré. »

Monsieur Clarenville ayant terminé là son récit, les deux dames promirent de se conformer entièrement à ses intentions, quoique intérieurement elles eussent donné tout au monde pour s'instruire d'un mystère qui leur paraissait si étrange. Les belles dames qui me lisent conviendront sans peine qu'on mettait leur discrétion à une trop forte épreuve : c'est une terrible chose que la curiosité; n'est-il pas vrai, Mesdames ?

CHAPITRE XIV.

Scrupules d'une mère.

LE récit de M. Clarenville avait affecté diversement nos deux dames. Elise dans tout cela ne s'était guère intéressée qu'aux événemens qui avaient rapport au beau jeune homme, les réflexions qu'elle faisait sur ce personnage mystérieux avaient suspendu le chagrin et la terreur qu'elle avait éprouvés au tableau de la mort de son oncle et des dangers de son père; mais elle n'avait jamais connu son oncle Robert, son père n'avait plus rien à craindre, et Charles était là. C'était pour elle le présent; il occupait plus fortement son âme que le passé. Madame Clarenville, au contraire, versa des larmes abondantes, sur la triste fin d'un beau-frère qu'elle avait tendrement chéri; elle s'épuisait en conjectures sur la main invisible qui s'acharnait à la ruine de tout ce qu'elle avait aimé, et elle tremblait que cet ennemi secret ne vînt encore la poursuivre jusque dans l'asile où elle avait enfin recouvré le repos. M. Clarenville épuisait toute l'éloquence de l'amitié pour calmer ses chagrins et dissiper ses alarmes, lorsque les sons mélodieux d'une flûte se firent entendre. Elise se lève aussitôt, la joie se répand sur sa figure; à peine a-t-elle entendu la première mesure qu'elle s'écrie : « O comme c'est beau !

C'est monsieur Charles ! Je vais au bosquet des citronniers, je l'entendrai mieux. »

Et sans attendre la réponse de sa mère, qui se disposait à l'empêcher de sortir, elle s'élança hors de l'appartement et disparut. Madame Clarenville regardant son époux d'un air inquiet, lui dit : « Eh bien ! que dites-vous de cela ? La voyez-vous courir ?

— Mais je ne vois rien là que de très-naturel. Elle court pour entendre la musique de Charles; tous nos matelots en faisaient autant, quand il jouait sur le tillac. Une fois qu'elle y sera habituée, elle n'y pensera plus.

— Ah ! Clarenville ! cher époux ! je crains bien que vous n'ayez commis une grande imprudence en amenant ici ce jeune homme !

— Ma chère amie, vous m'étonnez! Quelles craintes peut vous inspirer ce jeune homme à qui je dois la vie ?

— Sans doute, mon cœur est pénétré de la même reconnaissance que vous. Mais pouvez-vous empêcher une mère d'être alarmée pour le repos de sa fille ? Depuis l'entrée de ce jeune homme dans cette maison, la conduite d'Elise me donne des inquiétudes. Vous n'avez pas remarqué, comme moi, avec quel plaisir ses yeux s'attachaient hier sur Charles. Le plaisir de le contempler semblait surpasser en elle celui que lui causait votre retour. Vous rappelez - vous avec quelle irréflexion et quelle étourderie elle interrompit la conversation pour nous faire observer que le *soleil n'était pas encore couché?*

— J'avais oublié ce léger incident. Mais je ne vois pas quel rapport le coucher du soleil peut avoir avec vos craintes pour le repos d'Elise.

— Vous allez en juger vous-même, et vous conviendrez que mes craintes sont fondées. »

Alors madame Clarenville raconta à son époux la visite de l'étranger, la rencontre de la vieille diseuse de bonne aventure, sa prédiction à Elise, l'épouvante qu'elle avait éprouvée, lorsqu'en rentrant elle avait trouvé l'objet de son aversion ; puis elle continua ainsi : «L'exclamation d'Elise prouve assez qu'elle appliquait la

prédiction de la vieille à l'arrivée de
Charles ; et que l'idée de voir en lui
son futur époux, loin de lui causer
de la peine, avait l'air de la flatter
infiniment. Ce matin, surmontant sa
paresse ordinaire, Elise se lève de
bonne heure, et c'est pour aller se
placer sous les fenêtres du jeune
homme. Elle entend sa flûte, et elle
court sans que ma voix puisse l'arrêter, et sans sentir l'inconvenance de
sa conduite.

— Vous jugez trop rigoureusement
des actions qui sont très-simples en
elles-mêmes. On prédit à un enfant,
car Elise n'est pas encore autre chose,
qu'avant que le soleil se soit couché
deux fois, elle verra celui qui doit
être son époux. Deux hommes, dans

cet intervalle, se présentent à sa vue;
il est naturel que l'un d'eux lui plaise
plus que l'autre; il est de son âge
et surtout dans son caractère qu'elle
le témoigne naïvement; c'est ce qu'elle
a fait. Elle s'est levée matin, parce
que les événemens de la veille avaient
occupé son esprit, et l'ont empêchée
de dormir. N'avons-nous pas éprouvé
tous deux la même chose? Elle entend des sons touchans, et qui ont
pour elle tout l'attrait de la nou-
veauté, il est tout simple qu'elle se
place dans un lieu d'où elle puisse les
entendre sans être vue. En vérité, je
ne vois rien là-dedans que de très-
innocent.

—Dieu le veuille, répondit madame
Clarenville en soupirant; mais..... »

Elle n'acheva pas, car elle s'aperçut que ses scrupules donnaient de l'impatience à son époux ; mais elle se promit intérieurement de ne pas perdre sa fille de vue, et de mettre tous ses soins à empêcher la naissance d'une passion dont elle redoutait les suites.

Le reste de la journée fut employé à transporter les ballots, à déballer les caisses, à examiner, à admirer et à mettre en place toutes les marchandises et les différens objets qu'elles renfermaient. Charles, ainsi qu'il l'avait fait annoncer, ne descendit pas de la journée, au grand regret d'Elise, qui tournait sans cesse les yeux vers la porte, mais ne disait rien, parce qu'elle s'aperçut bien que les

yeux de sa mère suivaient tous ses
mouvemens, et cherchaient à pénétrer ses pensées. Le soir, la flûte se
fit encore entendre, Elise se levait
pour sortir; mais madame Clarenville
la prévenant, se leva aussi et lui dit :
« Ma fille, attends-moi, nous irons
ensemble écouter cette charmante
musique : il n'est pas juste que tu en
jouisses toute seule. » Cette propo-
sition ne fit aucune peine à Elise; les
alarmes de sa mère auraient été des
énigmes pour elle. Elle trouvait du
plaisir à voir Charles, parce qu'il lui
paraissait intéressant; elle aimait sa
musique, parce qu'elle la trouvait
délicieuse : voilà tout. Elles se rendi-
rent donc ensemble au bosquet des
citronniers, et bientôt madame Cla-

renville, enchantée des accens mélodieux du jeune musicien, partagea
tout le plaisir que sa fille prenait à
l'entendre.

CHAPITRE XV.

On s'arrange.

Le lendemain et les jours suivans, M. Clarenville visita ses plantations avec *Charles*. Il entra avec son jeune ami jusque dans les moindres détails. Celui-ci, de son côté, ne négligeait aucune occasion de s'instruire de tout ce qui concernait la culture et le commerce des Colonies. Il s'informait de ce qu'il ne comprenait pas encore, et M. Clarenville se faisait un plaisir de lui expliquer tout, en même temps qu'il était charmé de voir avec quelle facilité Charles saisissait tout ce qu'il lui disait. A chaque instant, il avait

l'occasion d'admirer l'étendue de sa
mémoire, la justesse de son jugement
et la pénétration de son esprit. Huit
joursne s'étaient pas encore écoulés,
que Charles connaissait aussi bien
tout ce qui a rapport à l'administration
des colonies, que s'il en eût fait son
unique étude depuis son enfance. Cela
étonnera moins cependant, quand on
saura que pendant toute la traversée,
M. Clarenville, soit pour le distraire
de sa mélancolie, soit dans toute autre
intention, avait eu non-seulement de
fréquentes conversations avec lui sur
cette matière, mais lui avait encore
sur ce sujet prêté des livres, que
Charles avait lus avec l'attention la
plus sérieuse, et le plus grand fruit.

Elise n'était pas trop contente de

ces longues et fréquentes excursions ; à
peine voyait-elle son père au moment
des repas : elle boudait, elle grondait
chaque fois qu'elle le voyait sortir
avec Charles. Son père, disait - elle,
était presque aussi invisible pour elle
depuis son retour, que quand il était
en Europe ; elle lui déclarait franche=
ment que si ces promenades duraient
encore long-temps, elle périrait à coup
sûr d'ennui : ce n'était pas la peine de
revenir pour la laisser tous les jours
seule avec sa mère, qui s'ennuyait autant qu'elle, etc. A ces plaintes sans
cesse répétées, M. Clarenville souriait
d'un air de malice en lui disant : « Ma
chère Elise, j'ai sûrement beaucoup
de plaisir aussi à te voir ; mais il faut
que les affaires passent avant tout.

Prends patience, nos promenades fini-
ront ; tu te plains de l'ennui ? N'as-tu
pas mille moyens de te distraire ? Je
t'ai apporté une grande quantité de
livres amusans et instructifs; des pin-
ceaux, des couleurs, de la musique :
en voilà bien plus qu'il n'en faut pour
abréger la durée du temps. Ainsi,
crois-moi, suis mon conseil, occupe-toi
pendant notre absence, lis, dessine,
fais de la musique ; tu verras comme
le temps te paraîtra court. »

Après cela il s'échappait en riant,
il entraînait son jeune ami ; et Elise,
dont l'amour propre se sentait blessé
jusqu'au vif, tâchait de cacher son dépit le mieux qu'elle pouvait ; mais elle
n'y réussissait pas toujours : quelquefois des larmes s'échappaient malgré

elle, et alors elle disait en sanglotant à sa mère : « Papa est bien méchant : il me dit de lire, de dessiner, de faire de la musique, je suis sûre qu'il ne me dit cela que pour m'humilier aux yeux de M. Charles. Qu'a-t-il besoin de lui faire remarquer que je ne suis qu'une ignorante ? C'est avoir bien du plaisir à me faire de la peine.

— Mon enfant, lui répondait alors sa mère, tu juges mal les intentions de mon époux ; il veut seulement te faire sentir la nécessité de posséder quelques talens agréables ou indispensables. Si tu étais d'un âge trop avancé pour te livrer à l'étude, il se contenterait, je crois, de gémir en secret sur le peu de fruit que tu as retiré de nos conseils, et des maîtres que nous t'avons donnés; mais il ne chercherait pas, comme tu dis, à t'humilier : il t'aime trop pour cela. Mais, tu es jeune encore, il voudrait piquer ton amour-propre, et t'engager à réparer le temps perdu.

— O mon Dieu ! maman, je t'ai déjà dit souvent que si je n'ai rien appris, ce n'est pas tant ma faute que celle des maîtres qu'on m'a donnés : ils me déplaisaient trop, pour que je pusse les écouter.

— Sais-tu bien, Elise, que, sans y songer, tu me fais un très-vilain compliment ? J'ai voulu t'apprendre à lire, et tu ne m'as pas plus écoutée que tes autres maîtres : dois-je conclure de là que je te déplaisais ?

— O maman ! répondit Elise, en

se jetant à son cou, tu n'as jamais
pensé cela! Veux-tu que je te dise
franchement pourquoi je n'ai pas appris davantage avec toi qu'avec les
autres? Tiens, c'est que j'étais trop
paresseuse, et que tu étais trop bonne;
j'aurais voulu savoir lire tout de suite;
je n'avançais pas, cela m'ennuyait,
cela me dégoûtait, je jetais mon livre,
je pleurais, et pour ne pas me chagri-
ner, tu me laissais jouer, et tu ne me
parlais plus de lecture.

— Bonne leçon pour les mères trop
faibles, dit madame Clarenville à demi-
voix. »

Enfin les promenades de M. Clarenville finirent, au grand plaisir d'Elise,
qui n'en fut pas plus avancée pour
cela; car malgré la surveillance de son

épouse et la bonne volonté de celui
qu'il avait chargé de ses intérêts pendant son absence, il s'était introduit
du désordre dans ses affaires. Où l'œil
du maître ne pénètre pas, il se glisse
toujours des abus et de la négligence;
ainsi, dès qu'on avait pris son repas en
famille, monsieur Clarenville n'allait
plus à la vérité courir les champs avec
Charles, mais il passait avec lui dans
son cabinet, et là ils s'occupaient
toute la journée à feuilleter des re-
gistres, à dresser des comptes et à
écrire des lettres dans les quatre par-
ties du monde. Aussi Dieu sait comme
Elise se plaignait, comme elle bâillait!
Elle avait beau se lever matin, et
s'asseoir dans le bosquet des citronniers, ni le matin, ni le soir la flûte

ne se faisait entendre ; les cordes du
piano étaient muettes et Charles semblait avoir perdu sa voix. Charles dont
le cœur reconnaissant sentait le besoin
d'être utile à son bienfaiteur, croyait
toujours n'avoir rien fait tant qu'il lui
restait quelque chose à faire ; dès le
grand matin à l'ouvrage, il ne le quit-
tait que quand ses yeux se fermaient
malgré lui ; la fatigue ne lui permettait
pas alors de songer à sa flûte ou au
forté-piano, et à peine consacrait-il
quelques heures au sommeil. Monsieur
Clarenville lui en faisait souvent des
reproches : « Mon ami, lui disait-il,
vous vous tuez à travailler ; prenez
quelque relâche : rien ne presse ; ce
que nous ne ferons pas en deux jours,
nous le ferons en huit, en dix, s'il le

faut, qu'importe? » Mais Charles le
suppliait de le laisser agir à sa volonté ; il lui protestait qu'il trouvait
dans le travail seul un adoucissement
à ses maux et l'oubli momentané du
passé ; Clarenville alors n'insistait plus,
et le laissait travailler.

FIN DU PREMIER VOLUME.

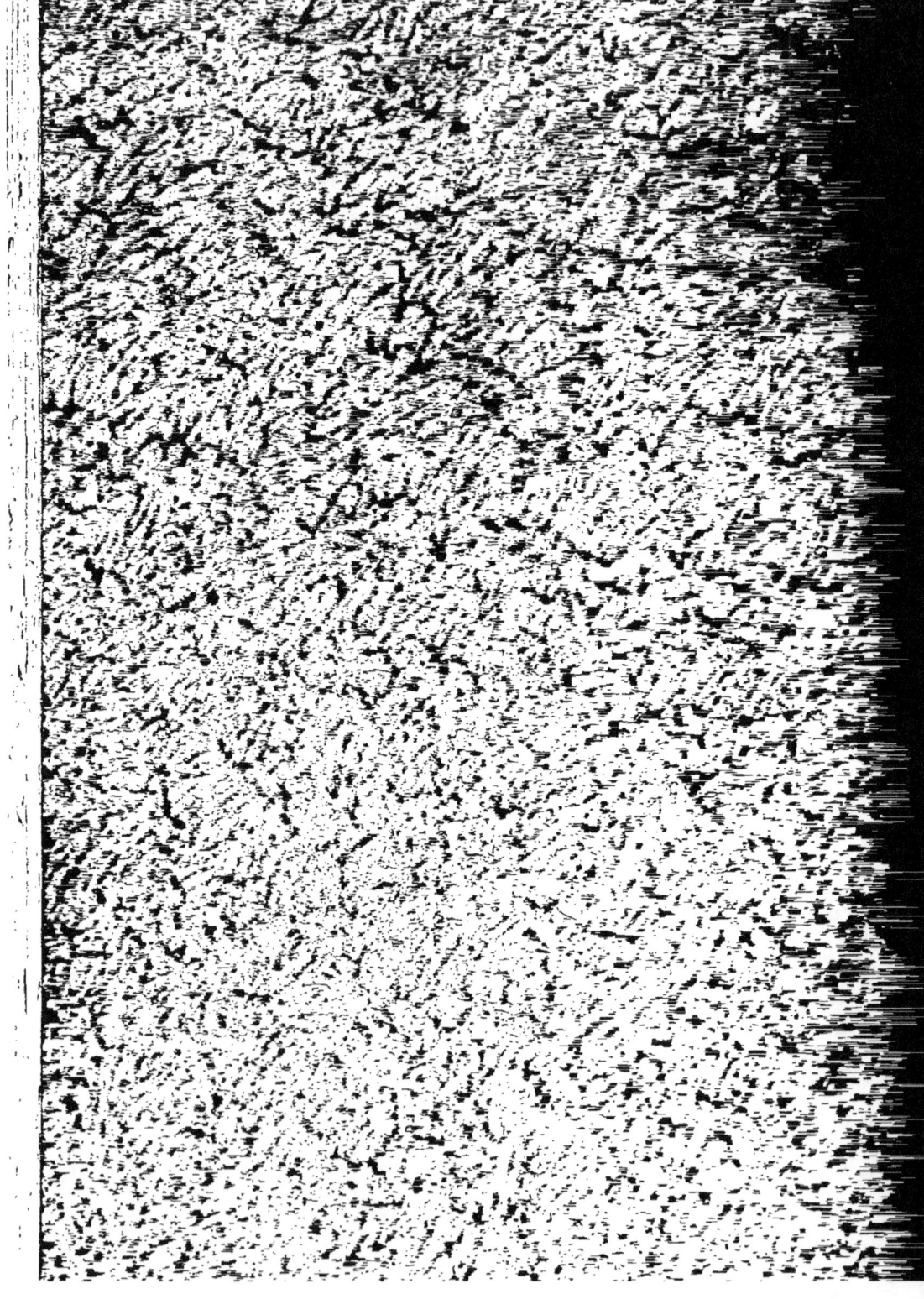

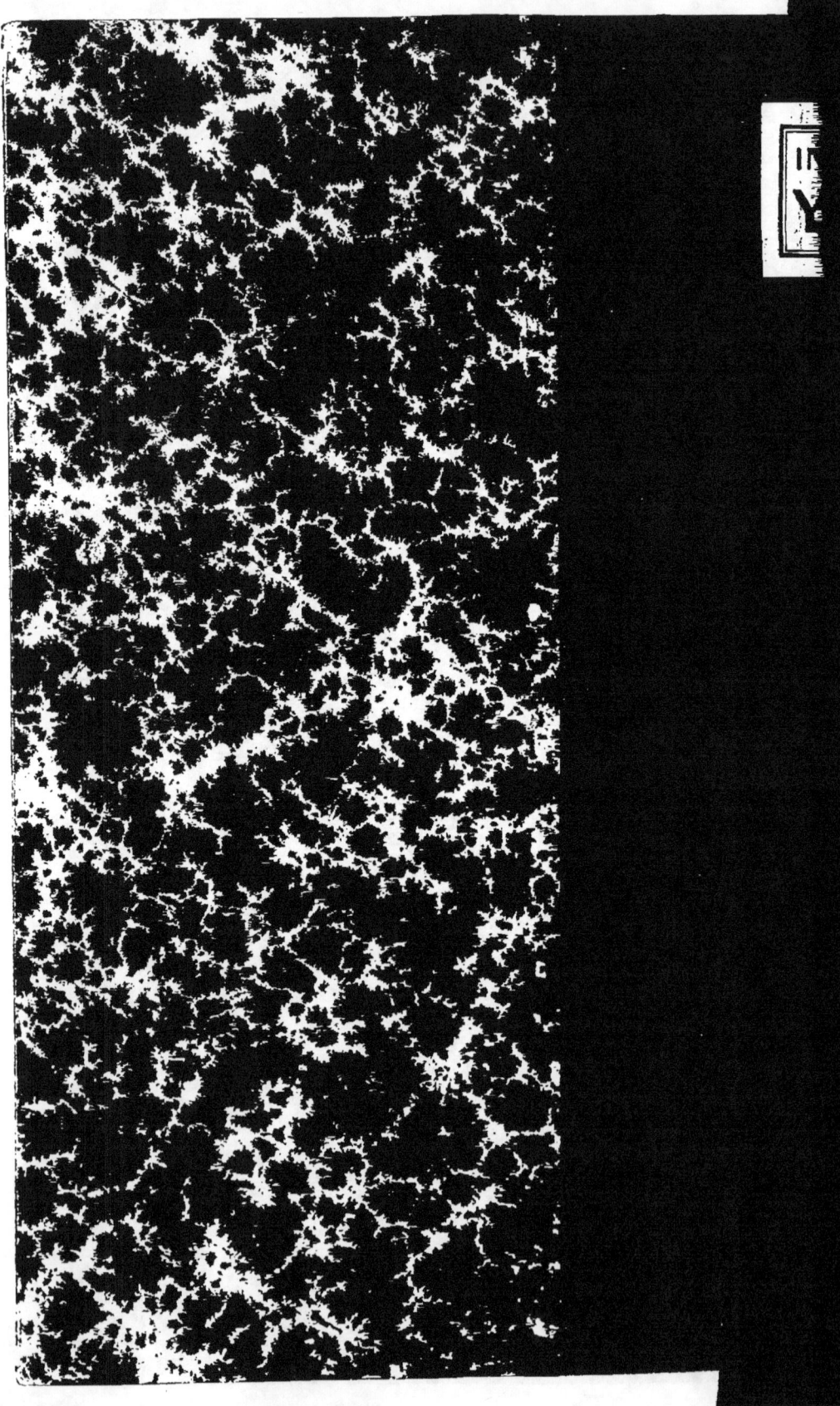